U0572703

韓文杜律

[明] 郭正域 輯

拾瑶叢書

文物出版社

圖書在版編目（CIP）數據

韓文杜律 / (明) 郭正域輯. -- 北京 : 文物出版社, 2020.7

（拾瑶叢書 / 鄧占平主編）

ISBN 978-7-5010-6426-7

Ⅰ. ①韓… Ⅱ. ①郭… Ⅲ. ①唐詩 - 詩集 Ⅳ. ①I222.742

中國版本圖書館CIP數據核字(2019)第274521號

韓文杜律 〔明〕郭正域 輯

主　　編：鄧占平
策　　劃：尚論聰　楊麗麗
責任編輯：李縉雲　李子裔
責任印製：梁秋卉

出版發行：文物出版社有限公司
社　　址：北京市東直門内北小街2號樓
郵　　編：100007
網　　址：http://www.wenwu.com
郵　　箱：web@wenwu.com
經　　銷：新華書店
印　　刷：藝堂印刷（天津）有限公司
開　　本：710mm × 1000mm　1/16
印　　張：18.25
版　　次：2020年7月第1版
印　　次：2020年7月第1次印刷
書　　號：ISBN 978-7-5010-6426-7
定　　價：110.00圓

本書版權獨家所有，非經授權，不得複製翻印

前言

《韓文杜律》不分卷，明郭正域輯評，明萬曆閔齊伋刻朱墨套印本。

郭正域，字美命，湖广江夏（今湖北武昌）人。嘉靖三十三年（一五五四）生，萬曆十一年（一五八三）中進士，選庶吉士。後歷任東宫講官、皇長子講官、禮部右侍郎，官至禮部侍郎。後因『楚太子』案，被罷職回籍聽勘。期間，『妖書』案起，因之入獄，萬曆三十二年（一六〇四）釋歸。但其卒年尚存疑問。鄭慶篤、焦裕銀等人在《杜集書目提要》中云：『後家居，萬曆四十五年（一六一七）卒。』張忠綱先生在《杜集叙録》中亦持此論。但《明史·郭正域傳》載其於萬曆三十二年（一六〇四）釋歸，并云其『家居十年卒』，可知郭正域卒年或爲萬曆四十二年（一六一四）。郭正域『博通載集』，創作頗豐，著有《批點考工記》《明典禮志》《韓文杜律》等。

《韓文杜律》選録韓愈文一卷，杜甫七言律詩一卷，各爲之評點。其中《韓文》據宋末謝枋得選本選録，爲朱墨兩色套印本。卷首有郭正域『評選韓昌黎文序』，次爲『郭明龍先生評選韓昌黎文目』，大致按内容題材順序編次，合計二十六篇。卷末有『萬曆丁巳夏六月烏程閔齊伋識』刻書題記；《杜律》底本爲閔齊伋朱墨藍三色套印本。首有『批點杜工部七言律序』，次爲『杜子美七言律目』，大致按年代的先後順序編次，合計百餘首。卷末爲『烏程閔齊伋識』刻書題記及烏程閔齊伋所作識語，識語云『是用取先生所手校於南雍者更付之梓』，知此書爲初刻本。此書雕印工整疏朗，顔色鮮艷，品相上乘，甚爲難得。閔齊伋，生於一五八〇年，卒年不详，字寓五，烏程（今湖州）人。自幼讀書勤奮，好作詩文，以刻書爲事。明萬曆四十四年（一六一六）主持采用朱、墨兩色套印《春秋左傳》獲得成功。後又改爲五色套印，先後刻印經、史、子、集等一批古書及諸多戲曲、小説。因印刷技藝日臻完美，名聲大振，與著名刻書著作家凌濛初齊名。是書底本版心刻有書名、卷數，下刻頁碼，有朱色圈點及頂批、旁批，每節後附注釋。鈐有『郭正域印』『大司成章』『閔齊伋印』『寓五氏』『賁園』等印。

韓文、杜律作爲宋人確立的文學經典，對於後世文學創作具有巨大導向作用。郭正域取韓愈、杜甫之詩文，圈點、評釋，批點内容主要包括對所選詩文的詩意疏浚、藝術品鑒及闡發個人詩學思想三個方面。雖批語較少，形式頗爲散漫，未形成一定的規模和體系，但是『不媚於大家』『多深警之語』的評點風格依舊在韓文、杜詩學史留下了光輝一筆，也爲研究郭正域本人的詩文批評觀念提供了研究基礎。

中國國家圖書館　謝德智

二〇一九年十二月

評選韓昌黎文序

謝疊山選昌黎文敎童蒙世儒見一斑不覩其全曰昌黎易與也一見秦漢諸子諸史目眩神搖曰昌黎不秦不漢也讀其三上宰相書曰是干

祿而急於遊夫人也暨原道原性不暢佛理佛骨一表不作佛事曰昌黎不玄解不了悟也憲宗迎佛骨於大內此有漏之因何異盲人焚香侫佛昌黎輕富貴齊死生危言

危行不惑不懼不作人天小果佛氏所謂謗佛者乃贊佛者也王衍談老莊而見縛石勒稽首請稱帝號呂惠卿親覩文殊而灑淚以媚安石有如妾婦媚子由先生觀之即

絶口不言佛固深於佛者也
先生爲監察御史論宮市貶
陽山令權知國子博士論刺
史成黨貶封溪尉議淮蔡事
改太子右庶子暨遷刑部侍
郎又以諫迎佛骨貶潮州刺

史不啻三黜矣屢起屢蹶屢蹶屢伸幾言幾忤幾忤幾言萬仞壁立百折不回横亘六合竪立三界富貴不淫威武不屈豈甘祿而急於遊大人者哉世儒評先生文無如先

生自評上窺姚姒下逮百家怪怪奇奇不主故常無所不有無所不妙大而化之故而新之臭腐而神奇之夫抉珠襲沫之徒論事則班馬非眞班馬也論理則莊老非眞莊

老也眞爲班馬者不見所爲
班馬者也眞爲老莊者不見
所爲老莊者也先生於秦漢
何有哉先生之文無易言也
歐陽文忠作唐史僅載其進
學解佛骨表暨潮州謝表鱷

魚文四篇第進學解不盡脫偶語蓋自賓戲客難解嘲化出非其至文也佛骨一表即世尊見之當微笑以爲眞知我鱷魚文驅風雷感昆蟲合鬼神矣潮州表以文章自命

目無唐人其他如平淮西南
海神廟諸篇繫末之及文忠
以爲與孟雄相表裏而佐佑
六經眞千載知言蘇子瞻曰
先生命立磨蝎宮所至不偶
由今觀之憲宗一讀謝表惻

然憐之即以示宰相命改袁州宰相讀其進學解奇其才即改史館修撰知制誥中書舍人當時君相不可謂不愛才也比於後世聽之如風過耳而深求之且成罪案矣先

生非不偶也余見近日文士依傍人門戶不能自立閫奥蹈襲一二殘膏剩馥侈然自命而於秦漢神理精力索然無有憒然莫解故選數首於南雍以示多士雖未能盡先

生文較之疊山取舍則各有合矣

江夏郭正域撰

郭明龍先生評選韓昌黎文目

韓文

送高閑上人序

藍田縣丞廳壁記

燕喜亭記

毛穎傳

諱辯

進學解

送窮文

南海神廟碑

殿中少監馬君墓誌銘

柳子厚墓誌銘

貞曜先生墓誌銘

佛宗旨昌黎未之知也獨不惑福田猶勝乎在佛门而求利益者文字無粉飾一味痛快

韓文

論佛骨表

臣某言伏以佛者夷狄之一法耳自後漢時流入中國上古未嘗有也昔者黃帝在位百年年百一十歲少昊在位八十年年百歲顓頊在位七十九年年九十八歲帝嚳在位七十年年百五歲帝堯在位九十八年年百一十八歲帝舜及禹年皆百歲此時天下太平百姓安樂壽考

然而中國未有佛也其後殷湯亦年百歲湯孫太戊在位七十五年武丁在位五十九年書史不言其年壽所極推其年數蓋亦俱不減百歲周文王年九十七歲武王年九十三歲穆王在位百年此時佛法亦未入中國非因事佛而致然也漢明帝時始有佛法明帝在位纔十八年耳其後亂亡相繼運祚不長宋齊梁陳元魏已下事佛漸謹年代尤促惟梁武帝在位四十八

用本朝更有據

年、前後三度捨身施佛、宗廟之祭、不用牲牢、晝日一食、止於菜果、其後竟爲侯景所逼、餓死臺城、國亦尋滅、事佛求福、乃更得禍、由此觀之、佛不足事、亦可知矣、高祖始受隋禪、則議除之、當時羣臣材識不遠、不能深知先王之道、古今之宜、推闡聖明、以救斯弊、其事遂止、臣常恨焉、伏惟睿聖文武皇帝陛下、神聖英武、數千百年已來未有倫比、即位之初、即不許度人爲僧尼道、

語雖婉頓此等舉動多成於戲未必違佛理也

士又不許創立寺觀臣常以爲高祖之志必行於陛下之手今縱未能卽行豈可恣之轉令盛也今聞陛下令羣僧迎佛骨於鳳翔、御樓以觀、舁入大內、又令諸寺遞迎供養、臣雖至愚必知陛下不惑於佛作此崇奉以祈福祥也直以年豐人樂徇人之心爲京師士庶設詭異之觀戲翫之具耳安有聖明若此、而肯信此等事哉、然百姓愚冥易惑難曉苟見陛下如此將謂眞心事佛皆云天子大聖猶一心敬信百姓何人豈合更惜身命焚頂燒指百十爲羣解衣散錢自朝至暮轉相倣效惟恐後時老少奔波弃其業次若不卽加禁遏更歷諸寺必有斷臂臠身以爲供養者傷風敗俗傳笑四方非細事也夫佛本夷狄之人與中國言語不通衣服殊製口不言先王之法言身不服先王之法服不知君臣之義父子之情假如其身至今尚在奉其國命

來朝京師陛下容而接之不過宣政一見禮賓一設賜衣一襲衞而出之於境不令惑衆也況其身死已久枯朽之骨凶穢之餘豈宜令入宮禁孔子曰敬鬼神而遠之古之諸侯行弔於其國尚令巫祝先以桃茢祓除不祥然後進弔今無故取朽穢之物親臨觀之巫祝不先桃茢不用羣臣不言其非御史不舉其失臣實恥之乞以此骨付之有司。投諸水火。永絕根本。斷天下之疑絶後代之惑使天下之人知大聖人之所作爲出於尋常萬萬也豈不盛哉豈不快哉佛如有靈能作禍祟凡有殃咎宜加臣身上天鑒臨臣不怨悔無任感激懇悃之至謹奉表以聞

臣某誠惶誠恐

昌黎雖不達佛理而氣勁在釋門中幾乎獨覺矣藏中以即惠能其擔當直截掃除外境大略相似

再與鄂州柳中丞書

愈愚不能量事勢可否，比常念淮右以靡弊困頓三州之地，蚊蚋蟻蟲之聚，感兇豎煦濡飲食之惠，提童子之手，坐之堂上，奉以爲帥，出死力以抗逆明詔，戰天下之兵，乘機逐利，四出侵暴，屠燒縣邑，賊殺不辜，環其地數千里，莫不被其毒，洛汝襄荆許潁淮江，爲之騷然，丞相公卿士大夫，勞於圖議，握兵之將，熊羆貙虎之士，畏懦蹴蹜莫肯杖戈爲士卒前行者獨閣下奮然率先揚兵界上將二州之守親出入行閒與士卒均辛苦生其氣勢見將軍之鋒穎凜然有向敵之意用儒雅文字章句之業取先天下武夫關其口而奪之氣愚初聞時方食不覺弃匕箸起立豈以爲閣下眞能引孤軍單進與死寇角逐爭一旦僥倖之利哉就令如是亦不足貴其所以服人心在行事適機宜而風采可畏愛故也

是以前狀輒述鄙誠、眷惠手翰還答、益增忻悚、
夫一衆人心力耳目、使所至如時雨、三代用師、
不出是道、閤下果能充其言、繼之以無倦、得形
便之地、甲兵足用、雖國家故所失地、旬歲可坐
而得、況此小寇、安足置齒牙間、勉而卒之、以俟
其至、幸甚、夫遠徵軍士、行者有羈旅離別之思、
居者有怨曠騷動之憂、本軍有饋餉煩費之難、
地主多姑息形迹之患、急之則怨、緩之則不用、

韓文

命浮寄孤懸形勢銷弱又與賊不相諳委、臨敵恐駭、難以有功、若召募土人、必得豪勇、與賊相熟、知其氣力所極、無望風之驚、愛護鄉里、勇於自戰、徵兵滿萬、不如召募數千、閣下以爲何如、儻可上聞行之否、計已與裴中丞相見、行營事宜、不惜時賜示、幸甚、不宣

是

將閫事形容嶺南之尊華端如畫

送鄭尚書序

嶺之南其州七十其二十二隷嶺南節度府其四十餘分四府府各置帥然獨嶺南節度爲大府大府始至四府必使其佐啓問起居謝守地不得即賀以爲禮歲時必遣賀問致水土物大府帥或道過其府府帥必戎服左握刀右屬弓矢帕首袴鞾迎郊及既至大府帥先入據館帥守屏若將趨入拜庭之爲者大府與之爲讓至

一再乃敢改服以賓主見適位執爵皆興拜不許乃止虔若小侯之事大國有大事諮而後行隸府之州離府遠者至三千里懸隔山海使必數月而後能至蠻夷悍輕易怨以變其南州皆岸大海多洲島颶風一日踔數千里漫瀾不見蹤跡控御失所依險阻結黨仇機毒矢以待將吏撞搪呼號以相和應蜂屯蟻雜不可爬梳好則人怒則獸故常薄其征入簡節而疎目時有

境外利害

所遺漏。不究切之。長養以兒子。至紛不可治。乃草薙而禽獮之。盡根株痛斷。乃止。其海外雜國。若耽浮羅流求毛人夷亶之州。林邑扶南眞臘于陀利之屬。東南際天地以萬數。或時候風潮朝貢。蠻胡賈人舶交海中。若嶺南帥得其人。則一邊盡治。不相寇盜賊殺。無風魚之災。水旱癘毒之患。外國之貨日至。珠香象犀玳瑁奇物溢於中國。不可勝用。故選帥常重於他鎮。非有文

入題

看昌黎贊鄭公無多語今人則饒舌矣

武威風知大體可畏信者則不幸往往有事長慶三年四月以工部尚書鄭公爲刑部尚書兼御史大夫往踐其任鄭公嘗以節鎮襄陽又帥滄景德棣歷河南尹華州刺史皆有功德可稱道入朝爲金吾將軍散騎常侍工部侍郎尚書家屬百人無數畝之宅僦屋以居可謂貴而能貧爲仁者不富之效也及是命朝廷莫不悅將行公卿大夫士苟能詩者咸相率爲詩以美朝

政以慰公南行之思顗必以來字者所以祝公成政而來歸疾也

省翁

描畫處卻用畢順語所謂老吏

送幽州李端公序

元年、今相國李公爲吏部員外郎、愈嘗與偕朝、道語幽州司徒公之賢、曰、某前年被詔告禮幽州、入其地、迓勞之使里至、每進益恭、及郊、司徒公紅帓首、韡袴、握刀、左右雜佩、弓韔服矢插房、俯立迎道左、某禮辭曰、公天子之宰、禮不可如是、及府、又以其服卽事、某又曰、公三公、不可以將服承命、卒不得辭、上堂、卽客階、坐必東向、愈

命意大有關係

作文要於世道人心朝綱民俗有關係方可言用世之文若辨捷人而已若韓公也

曰、國家失太平於今六十年夫十日十二子相配數窮六十其將復平平必自幽州始亂之所出也今天子大聖司徒公勤於禮庶幾帥先河南北之將來覲奉職如開元時乎李公曰然今李公既朝夕左右必數數焉爲上言元年之言殆合矣端公歲時來壽其親東都東都之大夫士莫不拜於門其爲人佐甚忠意欲司徒公功名流千萬歲請以愈言爲使歸之獻

送楊少尹序

昔疏廣受二子，以年老，一朝辭位而去。於時公卿設供張，祖道都門外，車數百兩，道路觀者多歎息泣下，共言其賢。漢史既傳其事，而後世工畫者，又圖其迹，至今照人耳目，赫赫若前日事。國子司業楊君巨源，方以能詩訓後進，一旦以年滿七十，亦白丞相去，歸其鄉。世常說古今人不相及，今楊與二疏，其意豈異也？予忝在公卿

調矣虛景筆端如形舞

五矣

後遇病不能出不知楊侯去時城門外送者幾人車幾兩馬幾疋道旁觀者亦有歎息知其爲賢以否而太史氏又能張大其事爲傳繼二疏蹤跡否不落莫否見今世無工畫者而畫與不畫固不論也然吾聞楊侯之去丞相有愛而惜之者白以爲其都少尹不絕其祿又爲歌詩以勸之京師之長於詩者亦屬而和之又不知當時二疏之去有是事否古今人同不同未可知

波

古人臨文不忌

也。中世士大夫以官爲家罷則無所於歸楊侯始冠舉於其鄉歌鹿鳴而來也今之歸指其樹曰某樹吾先人之所種也某水某丘吾童子時所釣遊也鄉人莫不加敬誡子孫以楊侯不去其鄉爲法古之所謂鄉先生沒而可祭於社者其在斯人歟其在斯人歟

有變化有出沒

送董邵南序

燕趙古稱多感慨悲歌之士董生舉進士連不得志於有司懷抱利器鬱鬱適茲土吾知其必有合也董生勉乎哉夫以子之不遇時苟慕義强仁者皆愛惜焉矧燕趙之士出乎其性者哉然吾嘗聞風俗與化移易吾惡知其今不異於古所云邪聊以吾子之行卜之也董生勉乎哉吾因子有所感矣爲我弔望諸君之墓而觀於

其市復有昔時屠狗者乎爲我謝曰明天子在上可以出而仕矣

妙在轉折意在言外

起得奇崛
便爲隱士
結胎
兩或曰奇
古禮云或
曰由象嫁
或曰外祖
母也

送李愿歸盤谷序

太行之陽有盤谷盤谷之間泉甘而土肥草木藂茂居民鮮少或曰謂其環兩山之間故曰盤或曰是谷也宅幽而勢阻隱者之所盤旋友人李愿居之愿之言曰人之稱大丈夫者我知之矣利澤施於人名聲昭於時坐於廟朝進退百官而佐天子出令其在外則樹旗旄羅弓矢武夫前呵從者塞途供給之人各執其物夾道而

六朝

寫出个中趣

疾馳喜有賞怒有刑才畯滿前道古今而譽盛
德入耳而不煩曲眉豐頰清聲而便體秀外而
惠中飄輕裾翳長袖粉白黛綠者列屋而閒居
妬寵而負恃爭妍而取憐大丈夫之遇知於天
子用力於當世者之所爲也吾非惡此而逃之
是有命焉不可幸而致也窮居而閒處升高而
望遠坐茂樹以終日濯清泉以自潔採於山美
可茹釣於水鮮可食起居無時惟適之安與其

有譽於前、孰若無毀於其後、與其有樂於身、孰若無憂於其心、車服不維、刀鋸不加、理亂不知、黜陟不聞、大丈夫不遇於時者之所爲也、我則行之、伺候於公卿之門、奔走於形勢之塗、足將進而趑趄、口將言而囁嚅、處穢汚而不羞、觸刑辟而誅戮、徼倖於萬一、老死而後止者、其於爲人賢不肖何如也、昌黎韓愈聞其言而壯之、與之酒而爲之歌曰、

合題

韓文

盤之中維子之宮盤之土可以稼盤之泉可濯可沿盤之阻誰爭子所窈而深廓其有容繚而曲如往而復嗟盤之樂兮樂且無央虎豹遠跡兮蛟龍遁藏鬼神守護兮呵禁不祥飲則食兮壽而康無不足兮奚所望膏吾車兮秣吾馬從子于盤兮終吾生以徜徉

闢口直截入理

送高閑上人序

苟可以寓其巧智使機應於心不挫於氣則神完而守固雖外物至不膠於心堯舜禹湯治天下養叔治射庖丁治牛師曠治音聲扁鵲治病僚之於丸秋之於弈伯倫之於酒樂之終身不厭奚暇外慕夫外慕徙業者皆不造其堂不嚌其胾者也往時張旭善草書不治他伎喜怒窘窮憂悲愉佚怨恨思慕酣醉無聊不平有動於

神解語使旭見之當絶倒

心必於草書焉發之觀於物見山水崖谷鳥獸蟲魚草木之花實日月列星風雨水火雷霆霹靂歌舞戰鬬天地事物之變可喜可愕一寓於書故旭之書變動猶鬼神不可端倪以此終其身而名後世今閑之於草書有旭之心哉不得其心而逐其跡未見其能旭也爲旭有道利害必明無遺錙銖情炎於中利欲鬬進有得有喪勃然不釋然後一決於書而後旭可幾也今閑

三轉

淂史贊妙處

師浮屠氏一死生解外膠是其爲心必泊然無所起其於世必淡然無所嗜泊與淡相遭頹墮委靡潰敗不可收拾則其於書得無象之然乎然吾聞浮屠人善幻多技能閑如通其術則吾不能知矣

有得模寫

近六部亞卿外省右轄何莫不然

藍田縣丞廳壁記

丞之職、所以貳令於一邑、無所不當問、其下主簿尉、主簿尉乃有分職、丞位高而偪、例似嫌、不可否事、文書行、吏抱成案詣丞、卷其前、鉗以左手、右手摘紙尾、鴈鶩行以進、平立睨丞曰、當署、丞涉筆占位署惟謹、目吏問可不可、吏曰得、則退、不敢略省、漫不知何事、官雖尊、力勢反出主簿尉下、諺數慢、必曰丞、至以相訾謷、丞之設豈

奇語

韓文

端使然哉、博陵崔斯立、種學績文、以蓄其有、泓涵演迤、日大以肆、貞元初、挾其能、戰藝於京師、再進再屈於人、元和初、以前大理評事言得失、黜官、再轉而爲丞茲邑、始至、喟曰、官無卑、顧材不足塞職、既噤不得施用、又喟曰、丞哉丞哉、余不負丞、而丞負余、則盡枿去牙角、一躡故跡、破崖岸而爲之、丞廳故有記、壞漏汚不可讀、斯立易桷與瓦、墁治壁、悉書前任人名氏、庭有老槐、

四行南牆鉅竹千梃儼立若相持水㶁㶁循除鳴斯立痛掃溉對樹二松日哦其間有問者輒對曰余方有公事子姑去考功郎中知制誥韓愈記

古人何嘗不脩句

燕喜亭記

太原王弘中在連州與學佛人景常元慧游異日從二人者行於其居之後丘荒之間上高而望得異處焉斬茅而嘉樹列發石而清泉激輦糞壤燔椔翳却立而視之出者突然成丘陷者呀然成谷窪者爲池而缺者爲洞若有鬼神異物陰來相之自是弘中與二人者晨往而夕忘歸焉乃立屋以避風雨寒暑既成愈請名之其

丘曰竢德之丘蔽於古而顯於今有竢之道也其石谷曰謙受之谷瀑曰振鷺之瀑谷言德瀑言容也其土谷曰黃金之谷瀑曰秩秩之瀑谷言容瀑言德也洞曰寒居之洞志其入時也池曰君子之池虛以鍾其美盈以出其惡也泉之源曰天澤之泉出高而施下也合而名之以屋曰燕喜之亭取詩所謂魯侯燕喜者頌也於是州民之老聞而相與觀焉曰吾州之山水名天

下然而無與燕喜者比經營於其側者相接也而莫直其地凡天作而地藏之以遺其人乎弘中自吏部郎貶秩而來次其道途所經自藍田入商洛涉淅湍臨漢水升峴首以望方城出荊門下岷江過洞庭上湘水行衡山之下繇郴踰嶺蝯狖所家魚龍所宮極幽遐瓌詭之觀宜其於山水飫聞而厭見也今其意乃若不足傳曰智者樂水仁者樂山弘中之德與其所好可謂

協矣智以謀之仁以居之吾知其去是而羽儀於天朝也不遠矣遂刻石以記

序世次中出奇波

毛穎傳

毛穎者，中山人也。其先明眎，佐禹治東方土，養萬物有功，因封於卯地，死為十二神。嘗曰：「吾子孫神明之後，不可與物同，當吐而生。」已而果然。明眎八世孫𦏁，世傳當殷時居中山，得神僊之術，能匿光使物，竊姮娥，騎蟾蜍入月，其後代遂隱不仕云。居東郭者曰𤠔，狡而善走，與韓盧爭能，盧不及，盧怒，與宋鵲謀而殺之，醢其家。秦始

韻語入画

皇時蒙將軍恬南伐楚次中山將大獵以懼楚召左右庶長與軍尉以連山筮之得天與人文之兆筮者賀曰今日之獲不角不牙衣褐之徒缺口而長鬚八竅而趺居獨取其髦簡牘是資天下其同書秦其遂兼諸侯乎遂獵圍毛氏之族拔其豪載穎而歸獻俘於章臺宮聚其族而加束縛焉秦皇帝使恬賜之湯沐而封諸管城號曰管城子日見親寵任事穎爲人強記而便

序功次甚悉

敏自結繩之代以及秦事無不纂錄陰陽卜筮占相醫方族氏山經地志字書圖畫九流百家天人之書及至浮屠老子外國之說皆所詳悉又通於當代之務官府簿書市井貨錢注記惟上所使自秦皇帝及太子扶蘇胡亥丞相斯中車府令高下及國人無不愛重又善隨人意正直邪曲巧拙一隨其人雖見廢棄終默不洩惟不喜武士然見請亦時往累拜中書令與上益

旁及

狎上嘗呼爲中書君上親決事以衡石自程雖宮人不得立左右獨頴與執燭者常侍上休方罷頴與絳人陳玄弘農陶泓及會稽褚先生友善相推致其出處必偕上召頴三人者不待詔輒俱往上未嘗怪焉後因進見上將有任使拂拭之因免冠謝上見其髮禿又所摹畫不能稱上意上嘻笑曰中書君老而禿不任吾用吾嘗謂君中書君今不中書耶對曰臣所謂盡心者

因不復召歸封邑終于管城其子孫甚多散處中國夷狄皆冒管城惟居中山者能繼父祖業

太史公曰毛氏有兩族其一姬姓文王之子封於毛所謂魯衛毛聃者也戰國時有毛公毛遂獨中山之族不知其本所出子孫最爲蕃昌春秋之成見絶於孔子而非其罪及蒙將軍拔中山之豪始皇封諸管城世遂有名而姬姓之毛無聞穎始以俘見卒見任使秦之滅諸侯穎與

有功賞不酬勞以老見疎秦眞少恩哉

不直戲文蓋戲史矣

以經以律以本朝之典證論風生

諱辯

愈與李賀書、勸賀舉進士、賀舉進士、有名、與賀爭名者毀之曰、賀父名晉肅、賀不舉進士為是、勸之舉者為非、聽者不察也、和而唱之、同然一辭。皇甫湜曰、若不明白、子與賀且得罪、愈曰然。律曰二名不偏諱。釋之者曰。謂若言徵不稱在。言在不稱徵是也。律曰不諱嫌名。釋之者曰。謂若禹與雨。丘與蓲之類是也。今賀父名晉肅。賀舉進士。爲犯二名律乎。爲犯嫌名律乎。父名晉肅。子不得舉進士。若父名仁。子不得爲人乎。夫諱始於何時、作法制以教天下者、非周公孔子歟、周公作詩不諱。孔子不偏諱二名。春秋不譏不諱嫌名。康王釗之孫實爲昭王。曾參之父名晳。曾子不諱昔。周之時有騏期。漢之時有杜度。此其子宜如何諱。將諱其嫌。遂諱其姓乎。將不諱其嫌者乎。漢諱武、帝名徹爲通。不聞又諱車轍之轍為某字也。諱呂后名雉為野雞。不聞又諱治天下之治為某字也。今上章及詔不聞諱滸勢秉機也。惟宦官宮妾。乃不敢言諭及機以為觸犯。士君子言語行事。宜何所法守也。今考之於經質之於律稽之以國家之典賀舉進士為可耶為不可耶。凡事父母得如曾參可以無譏矣作人得如周公孔子亦可以止矣今世之士不務行曾參周公孔子之行而諱親之名則務勝於曾參周公孔子亦見其惑也夫周公孔子曾參卒不可勝勝周公孔子曾參乃比於宦官宮妾則是宦官宮妾之孝於其親賢於周公孔子曾參者耶

從容雜賓戲中來而從悲處辭

進學解

國子先生晨入太學、招諸生立館下、誨之曰、業精於勤荒於嬉、行成於思毀於隨、方今聖賢相逢、治具畢張、拔去兇邪、登崇畯良、占小善者率以錄、名一藝者無不庸、爬羅剔抉、刮垢磨光、蓋有幸而獲選、孰云多而不揚、諸生業患不能精、無患有司之不明、行患不能成、無患有司之不公、言未既、有笑於列者曰、先生欺余哉、弟子事

先生、於茲有年矣先生口不絕吟於六藝之文、
手不停披於百家之編、記事者必提其要、纂言
者必鉤其玄貪多務得、細大不捐、焚膏油、以繼、
晷、恒兀兀、以窮年、先生之業、可謂勤矣、觝排異
端、攘斥佛老、補苴罅漏、張皇幽眇、尋墜緒之茫
茫、獨旁搜而遠紹、障百川而東之、迴狂瀾於既
倒、先生之於儒、可謂有勞矣、沈浸醲郁、含英咀、
華、作爲文章、其書滿家、上規姚姒、渾渾無涯、周、

昌黎得意賞鑑

誥殷盤佶屈聱牙春秋謹嚴左氏浮誇易奇而法詩正而葩下逮莊騷太史所錄子雲相如同工異曲先生之於文可謂閎其中而肆其外矣少始知學勇於敢爲長通於方左右具宜先生之於爲人可謂成矣然而公不見信於人私不見助於友跋前躓後動輒得咎暫爲御史遂竄南夷三年博士冗不見治命與仇謀取敗幾時冬暖而兒號寒年豐而妻啼饑頭童齒豁竟死

何裨不知慮此而反敎人爲先生曰吁子來前夫大木爲杗細木爲桷欂櫨侏儒椳闑居楔各得其宜施以成室者匠氏之工也玉札丹砂赤箭青芝牛溲馬勃敗鼓之皮俱收並蓄待用無遺者醫師之良也登明選公雜進巧拙紆餘爲姸卓犖爲傑校短量長惟器是適者宰相之方也昔者孟軻好辯孔道以明轍環天下卒老于行荀卿守正大論是弘逃讒於楚廢死蘭陵是

入出怨言而我獨自省君子哉

二儒者吐辭爲經舉足爲法絕類離倫優入聖域其遇於世何如也今先生學雖勤而不繇其統言雖多而不要其中文雖奇而不濟於用行雖修而不顯於衆猶且月費俸錢歲靡廩粟子不知耕婦不知織乘馬從徒安坐而食踵常途之促促窺陳編以盜竊然而聖主不加誅宰臣不見斥茲非其幸歟動而得謗名亦隨之投閒置散乃分之宜若夫商財賄之有亡計班資之

崇庳忘己量之所稱指前人之瑕疵是所謂詰匠氏之不以杙爲楹而訾醫師以昌陽引年欲進其豨苓也

送窮文

元和六年正月乙丑晦主人使奴星結柳作車縛草爲船載糗輿粻牛繫軛下引帆上檣三揖窮鬼而告之曰聞子行有日矣鄙人不敢問所塗竊具船與車備載糗粻日吉時良利行四方子飯一盂子啜一觴攜朋挈儔去故就新駕塵彍風與電爭先子無底滯之尤我有資送之恩子等有意於行乎屏息潛聽如聞音聲若嘯若

看他寫入神鬼處恍惚縹緲畫史不及

啼砉欻嚘嚶毛髮盡竪竦肩縮頸疑有而無久乃可明若有言者曰、吾與子居、四十年餘、子在孩提、吾不子愚、子學子耕、求官與名、惟子是從、不變於初、門神戶靈、我叱我呵、包羞詭隨、志不在他、子遷南荒、熱爍濕蒸、我非其鄉、百鬼欺陵、太學四年、朝虀暮鹽、惟我保汝、人皆汝嫌、自初及終、未始背汝、心無異謀、口絕行語、於何聽聞、云我當去、是必夫子信讒、有間於予也、我鬼非人安用車船鼻齅臭香糗粻可捐單獨一身誰爲朋儔子苟備知可數已不子能盡言可謂聖智情狀既露敢不迴避主人應之曰子以吾爲眞不知也耶子之朋儔非六非四在十去五滿七除二各有主張私立名字捩手覆羹轉喉觸諱凡所以使吾面目可憎語言無味者皆子之志也其名曰智窮矯矯亢亢惡圓喜方羞爲姦欺不忍害傷其次名曰學窮傲數與名摘抉杳

處處占地步

先寫聞此寫見皆人難着筆力處

微高悒羣言執神之機又其次曰文窮不專一能怪怪奇奇不可時施秖以自嬉又其次曰命窮影與形殊面醜心妍利居衆後責在人先又其次曰交窮磨肌戛骨吐出心肝企足以待寘我讎寃凡此五鬼爲吾五患饑我寒我興訛造訕能使我迷人莫能間朝悔其行暮已復然蠅營狗苟驅去復還言未畢五鬼相與張眼吐舌跳踉偃仆抵掌頓脚失笑相顧徐謂主人曰子

知我名凡我所爲驅我令去小黠大癡人生一世其久幾何吾立子名百世不磨小人君子其心不同惟乖於時乃與天通攜持琬琰易一羊皮飫於肥甘慕彼糠糜天下知子誰過於予雖遭斥逐不忍子疎謂予不信請質詩書主人於是垂頭喪氣上手稱謝燒車與船延之上座

上宰相書鳴之執政而不得進學解托之門徒而不暢此又質之鬼神矣善寫悲憤

可以怨者也

首頌臚

南海神廟碑

海於天地間爲物最鉅自三代聖王莫不祀事考於傳記而南海神次最貴在北東西三神河伯之上號爲祝融天寶中、天子以爲古爵莫貴於公侯故海嶽之祝、犧幣之數、放而依之、所以致崇極於大神、今王亦爵也、而禮海嶽尚循公侯之事、虛王儀而不用、非致崇極之意也、由是冊尊南海神爲廣利王、祝號祭式、與次俱昇、因其故廟易而新之、在今廣州治之東南海道八十里扶胥之口、黃木之灣、常以立夏氣至、命廣州刺史行事祠下、事訖驛聞、而刺史常節度五嶺諸軍、仍觀察其郡邑、於南方事無所不統、地大以遠、故常選用重人、既貴而富、且不習海事、又當祀時、海常多大風、將往皆憂慼、既進、觀顧怖悸、故常以疾爲解、而委事於其副、其來已久、故明宮齋廬、上雨旁風、無所蓋障、牲酒瘠酸、取具臨時水陸之品狼籍籩豆薦祼興俯不中儀式吏滋不供神不顧享盲風怪雨發作無節人蒙其害元和十二年始詔用前尚書左丞國子祭酒魯國孔公爲廣州刺史兼御史大夫以殿南服公正直方嚴中心樂易祗慎所職治人以明事神以誠內外殫盡不爲表襮至州之明年將夏祝冊自京師至吏以時告公乃齋祓視冊誓羣有司曰冊有皇帝名乃上所自署其文曰

用賦頌體敘事而辭采絢爛

嗣天子某謹遣官某敬祭其恭且嚴如是敢有不承明日吾將宿廟下以供晨事明日吏以風雨白不聽於是州府文武吏士凡百數交謁更諫皆揖而退公遂陞舟風雨少弛櫂夫奏功雲陰解駮日光穿漏波伏不興省牲之夕載陽載陰將事之夜天地開除月星明槪五鼓既作牽牛正中公乃盛服執笏以入即事文武賓屬俯首聽位各執其職牲肥酒香罇爵淨潔降登有

數神具醉飽海之百靈祕怪慌惚畢出蜿蜿虵虵虵來享飲食闔廟旋艫祥飈送颿旗纛旄麾飛揚晻藹鐃鼓嘲轟高管嗷譟武夫奮櫂工師唱和穹龜長魚躍踊後先乾端坤倪軒豁呈露祀之之歲風災熄滅人厭魚蟹五穀胥熟明年祀歸又廣廟宮而大之治其庭壇改作東西兩序齋庖之房百用具修明年其時公又固往不懈益虔歲仍大和耋艾歌詠始公之至盡除他名

之稅、罷衣食於官之可去者、四方之使、不以資交、以身爲帥、燕享有時、賞與以節、公藏私畜、上下與足、於是免屬州負逋之緡錢廿有四萬、米三萬二千斛、賦金之州、耗金一歲八百、困不能償、皆以丐之、加西南守長之俸、誅其尤無良不聽令者、由是皆自重愼法、人士之落南不能歸者、與流徙之胄百廿八族、用其才良而廩其無告者、其女子可嫁、與之錢財、令無失時、刑德並

流、地方數千里、不識盜賊、山行海宿、不擇處所、事神治人、其可謂備至耳矣、咸願刻廟石以著厥美、而繫以詩、乃作詩曰

南海陰墟、祝融之宅、即祀於旁、帝命南伯、吏惰不躬、正自今公、明用享錫、右我家邦、惟明天子、惟慎厥使、我公在官、神人致喜、海嶺之陬、既足既濡、胡不均弘、俾執事樞、公行勿遲、公無遽歸、匪我私公、神人具依、

此文特以祀事為禜海神固不可知也

得體

衢州徐偃王廟碑

徐與秦俱出柏翳爲嬴姓國於夏殷周世咸有大功秦處西偏專用武勝遭世衰無明天子遂虎吞諸國爲雄諸侯旣皆入秦爲臣屬秦無所取利上下相賊害卒僨其國而沈其宗徐處得地中文德爲治及偃王誕當國益除去刑爭末事凡所以君國子民待四方一出於仁義當此之時周天子穆王無道意不在天下好道士說

得八龍騎之西遊同王母宴于瑤池之上歌謳忘歸四方諸侯之爭辯者無所質正咸賓祭於徐贊玉帛死生之物于徐之庭者三十六國得朱弓赤矢之瑞穆王聞之恐遂稱受命命造父御長驅而歸與楚連謀伐徐徐不忍鬬其民北走彭城武原山下百姓隨而從之萬有餘家偃王死民號其山爲徐山鑿石爲室以祠偃王偃王雖走死失國民戴其嗣爲君如初駒王章禹

祖孫相望自秦至今名公巨人繼跡史書徐氏十望其九皆本於偃王而秦後迄茲無聞家天於柏翳之緒非偏有厚薄施仁與暴之報自然異也衢州故會稽太末也民多姓徐氏支縣龍丘有偃王遺廟或曰偃王之逃戰不之彭城之越城之隅弃玉几研于會稽之水或曰徐子章禹既執于吳徐之公族子弟散之徐揚二州間卽其居立先王廟云開元初徐姓二人相屬爲

韩公文每至意平處即險語黕許記切深黑也

刺史帥其部之同姓改作廟屋載事於碑後九十年當元和九年而徐氏放復爲刺史放字達夫前碑所謂今戶部侍郎其大父也春行視農至於龍丘有事于廟思惟本原曰故制犏樸下窄不足以揭虔妥靈而又梁桷赤白陊剝不治圖像之威黕昧就滅藩拔級夷庭木秃缺祈甿日慢祥慶弗下州之羣支不獲蔭庥余惟遺紹而尸其土不即不圖以有資聚罰其可辭乃命

因故爲新、衆工齊事、惟月若日、工告訖功、大祠於廟、宗卿咸序應、是歲、州無怪風劇雨、民不夭厲、穀果完實、民皆曰、耿耿祉哉、其不可誣、乃相與請辭京師、歸而鑱之于石、辭曰、

秦傑以顛、徐由遜綿、秦鬼久饑、徐有廟存、婉婉偃王、惟道之耽、以國易仁、爲笑于頑、自初擅命其實幾姓、歷短詈長、有不償亡、課其利害、孰與王當、姑蔑之墟、太末之里、誰思王恩、立廟以祀

倒前句

王之聞孫、世世多有、唯臨茲邦、廟土實守堅嶠之後達夫郭之王殁萬年如始祔時王孫多孝、世奉王廟、達夫之來、先慎詔教、盡惠廟民、不主於神、維是達夫、知孝之元、太末之里姑蔑之城、廟事時修、仁孝振聲、宜寵其人、以及後生、嗟嗟維王、雖古誰亢、王死於仁、彼以暴喪、文追作誄、刻示茫茫、

句之字之著意

曹成王碑

王姓李氏、諱皐、字子蘭、謚曰成、其先王明、以太宗子、國曹、絶復封、傳五王至成王、成王嗣封在玄宗世、蓋於時年十七八、紹爵三年、而河南北兵作、天下震擾、王奉母太妃逃禍、民伍得間走蜀、從天子、天子念之、自都水使者拜左領軍衛將軍、轉貳國子祕書、王生十年而失先王、哭泣哀悲、弔客不忍聞、喪除、痛刮磨豪習、委巳於學稍長重知人情急世之要聰一不通侍太妃從天子于蜀既孝既忠持官持身內外斬斬由是朝廷滋欲試之於民上元元年除溫州長史行刺史事江東新刳於兵郡旱饑民交走死無弔王及州不解衣下令掊鎖擴門悉弃倉實與民活數十萬人奏報升秩少府與平袁賊仍徙祕書兼州別駕部告無事遷眞於衡法成令修治出張施聲生勢長觀察使噎媢不能出氣誣以

孝子委曲苦心盡力摹寫

惜其書不傳

過犯御史助之貶潮州刺史楊炎起道州相德
宗還王于衡以直前謾王之遭誣在理念太妃
老將驚而感出則囚服就辯入則擁笏垂魚坦
坦施施即貶于潮以遷入賀及是然後跪謝告
實初觀察使虐使將國良往戍界良以武岡叛
戍衆萬人斂兵荆黔洪桂伐之二年尤張於是
以王帥湖南將五萬士以討良爲事王至則屏
兵投良以書中其忌諱良羞畏乞降狐鼠進退

啓功画筆

王卽假爲使者從一騎踔五百里抵艮壁鞭其門大呼我曹王來受艮降艮今安在艮不得已錯愕迎拜盡降其軍太妃薨、王弃部、隨喪之河南葬、及荆、被詔責還、會梁崇義反、王遂不敢辭以還、升秩散騎常侍、明年、李希烈反、遷御史大夫、授節帥江西以討希烈、命至、王出止外舍、禁無以家事關我、裒兵大選江州、羣能著職、王親教之搏力勾卒嬴越之法、曹誅五畀、艦步二萬

戲其奇彼
矢有光怪

人以與賊遻、嘬鋒蔡山、踣之、剗蘄之黄梅、大縣長平、鏺廣濟、掀蘄春、撇蘄水、掇黄岡、筴漢陽、行跐汊川、還、大膊蘄水界中、披安三縣、拔其州、斬僞刺史、標光之北山、䧟隨光化、梏其州、十抽一推、救兵州東北屬鄉、還開軍受降、大小之戰三十有二、取五州十九縣、民老幼婦女不驚、市買不變、田之果穀、下無一跡、加銀青光祿大夫工部尚書、改戶部、再換節臨荆及襄、眞食三百、王之在兵天子西巡于梁希烈北取汴鄭東略宋圍陳西取汝薄東都王坐南方北向落其角距賊死咋不能入寸尺亡將卒十萬盡輸其南州王始政於溫終政於襄恒平物估賤斂貴出民用有經一吏軌民使令家聽戶視姦宄無所宿府中不聞急步疾呼治民用兵各有條次世傳爲法任馬彝將慎將鍔將潛偕盡其力能薨贈右僕射元和初以子道古在朝更贈太子太師

道古進士司門郎、刺史隨唐睦、徵爲少宗正、兼御史中丞、以節督黔中、朝京師、改命觀察鄂岳蘄沔安黃、提其師以伐蔡、且行、泣曰先王討蔡實取沔蘄安黃寄惠未亡今余亦受命有事于蔡而四州適在吾封庶其有集先王薨於今二十五年吾昆弟在而墓碑不刻無文其實有待子無用辭乃序而詩之辭曰、

太支十三、曹於弟季、或亡或微、曹始就事、曹之

祖王畏塞絶遷、零王黎公、不聞僅存、子父易封、三王守名、延延百載、以有成王、成王之作、一自其躬、文被明章、武薦畯功、蘇枯弱強、齦其姦猖、以報于宗、以昭于王、王亦有子、處王之所、唯舊之視、蹶蹶陛陛、實取實似、刻詩其碑、爲示無止、

公所自謂閎中肆外摘抉幽微陳言務去是也

起語宏廓

善回潑

平淮西碑

天以唐克肖其德聖子神孫繼繼承承於千萬
年敬戒不怠全付所覆四海九州罔有內外悉
主悉臣高祖太宗既除既治高宗中睿休養生
息至于玄宗受報收功極熾而豐物衆地大孽
牙其間肅宗代宗德祖順考以勤以容大慝適
去稂莠不薅相臣將臣文恬武嬉習熟見聞以
爲當然睿聖文武皇帝既受羣臣朝乃考圖數

凡它功叙事

包藏在邊不露

貢曰、嗚呼天旣全付予有家、今傳次在予、予不能事事、其何以見于郊廟、羣臣震懾、奔走率職、明年平夏、又明年平蜀、又明年平江東、又明年平澤潞、遂定易定、致魏博貝衛澶相、無不從志、皇帝曰不可究武、予其少息、九年、蔡將死、蔡人立其子元濟以請、不許、遂燒舞陽、犯葉襄城、以動東都、放兵四劫、皇帝歷問于朝、一二臣外皆曰、蔡帥之不廷授、于今五十年、傳三姓四將、其

遣將次第

樹本堅兵利卒頑不與他等因撫而有順且無
事大官臆決唱聲萬口和附并爲一談牢不可
破皇帝曰惟天惟祖宗所以付任予者庶其在
此予何敢不力況一二臣同不爲無助曰光顏
汝爲陳許帥維是河東魏博郃陽三軍之在行
者汝皆將之曰重胤汝故有河陽懷今益以汝
維是朔方義成陝益鳳翔延慶七軍之在行者
汝皆將之曰弘汝以卒萬二千屬而子公武往

討之、曰文通、汝守壽、維是宣武、淮南、宣歙、浙西、四軍之行于壽者、汝皆將之、曰道古、汝其觀察鄂岳、曰愬、汝帥唐鄧隨、各以其兵進戰、曰度、汝長御史、其往視師、曰度、惟汝予同、汝遂相予、以賞罰用命不用命、曰弘、汝其以節都統諸軍、曰守謙、汝出入左右、汝惟近臣、其往撫師、曰度、汝其往衣服飲食予士、無寒無饑、以既厥事、遂生蔡人、賜汝節斧、通天御帶、衛卒三百、凡茲廷臣、

諸將進兵次第

汝擇自從、惟其賢能、無憚大吏、庚申、予其臨門送汝、曰御史、予閔士大夫戰甚苦、自今以往、非郊廟祠祀、其無用樂、顏胤武合攻其北、大戰十六、得柵城縣二十三、降人卒四萬、道古攻其東南、八戰、降萬三千、再入申、破其外城、文通戰其東、十餘遇、降萬二千、愬入其西、得賊將、輒釋不殺、用其策、戰比有功、十二年八月丞相度至師、都統弘責戰益急、顏胤武合戰益用命、元濟盡

賞功次第

并其衆洄曲以備、十月壬申、愬用所得賊將、自文城因天大雪疾馳百二十里、用夜半到蔡、破其門、取元濟以獻、盡得其屬人卒、辛巳丞相度入蔡以皇帝命赦其人、淮西平、大饗賚功、師還之日、因以其食賜蔡人、凡蔡卒三萬五千、其不樂爲兵願歸爲農者十九、悉縱之、斬元濟京師、冊功、弘加侍中、愬爲左僕射、帥山南東道、顏胤皆加司空、公武以散騎常侍帥鄜坊丹延、道古

往事

進大夫文通加散騎常侍、丞相度朝京師道封晉國公、進階金紫光祿大夫以舊官相而以其副總爲工部尚書領蔡任、既還奏、羣臣請紀聖功被之金石、皇帝以命臣愈、臣愈再拜稽首而獻文曰、

唐承天命、遂臣萬邦、孰居近土襲盜以狂、往在玄宗崇極而圮、河北悍驕、河南附起、四聖不宥、屢興師征有不能克益戍以兵夫耕不食、婦織

不裳、輸之以車、爲卒賜糧、外多失朝、曠不嶽狩、百隸怠官、事亡其舊、帝時繼位、顧瞻咨嗟、惟汝文武、孰恤予家、既斬吳蜀、旋取山東、魏將首義、六州降從、淮蔡不順、自以爲強、提兵叫讙、欲事故常、始命討之、遂連姦鄰、陰遣刺客、來賊相臣、方戰未利、內驚京師、羣公上言、莫若惠來、帝爲不聞、與神爲謀、乃相同德、以訖天誅、乃勑顏胤愬武古通、咸統於弘、各奏汝功、三方分攻、五萬

炒美君上

其師大軍北乘厥數倍之常兵時曲軍士蠢蠢既翦凌雲蔡卒大窘勝之邵陵郾城來降自夏入秋復屯相望兵頓不勵告功不時帝哀征夫命相往釐士飽而歌馬騰於槽試之新城賊遇敗逃盡抽其有聚以防我西師躍入道無留者頟頟蔡城其疆千里既入而有莫不順俟帝有恩言相度來宣誅止其魁釋其下人蔡之卒夫投甲呼舞蔡之婦女迎門笑語蔡人告饑船粟

画出太平

用蔡人語感動鄰國

往哺蔡人告寒賜以繒布始時蔡人禁不往來今相從戲里門夜開始時蔡人進戰退戮今旰而起左飧右粥爲之擇人以收餘憊選吏賜牛教而不稅蔡人有言始迷不知今乃大覺羞前之爲蔡人有言天子明聖不順族誅順保性命汝不吾信視此蔡方孰爲不順往斧其吭凡叛有數聲勢相倚吾強不支汝弱奚恃其告而長而父而兄奔走偕來同我太平淮蔡爲亂天子

功案

结语妙

伐之、既伐而饑、天子活之、始議伐蔡、卿士莫隨

既伐四年、大小並疑、不赦不疑、由天子明、凡此

蔡功惟斷乃成、既定淮蔡、四夷畢來、遂開明堂

坐以治之

嚴正

祭鱷魚文

維年月日潮州刺史韓愈使軍事衙推秦濟以羊一豬一投惡谿之潭水以與鱷魚食而告之曰昔先王既有天下列山澤罔繩擉刃以除蟲蛇惡物爲民害者驅而出之四海之外及後王德薄不能遠有則江漢之間尚皆棄之以與蠻夷楚越況潮嶺海之間去京師萬里哉鱷魚之涵淹卵育於此亦固其所今天子嗣唐位神聖

對鬼神語有斤兩

慈武四海之外六合之内皆撫而有之况禹跡所揜揚州之近地刺史縣令之所治出貢賦以供天地宗廟百神之祀之壤者哉鱷魚其不可與刺史雜處此土也刺史受天子命守此土治此民而鱷魚睅然不安谿潭據處食民畜熊豕鹿麞以肥其身以種其子孫與刺史亢拒爭爲長雄刺史雖駑弱亦安肯爲鱷魚低首下心伈伈睍睍爲民吏羞以偷活於此邪且承天子命

有處分

以來爲吏固其勢不得不與鱷魚辯鱷魚有知其聽刺史言潮之州大海在其南鯨鵬之大蝦蟹之細無不容歸以生以食鱷魚朝發而夕至也今與鱷魚約盡三日其率醜類南徙于海以避天子之命吏三日不能至五日五日不能至七日七日不能是終不肯徙也是不有刺史聽從其言也不然則是鱷魚冥頑不靈刺史雖有言不聞不知也夫傲天子之命吏不聽其言不

徙以避之與冥頑不靈而爲民物害者皆可殺刺史則選材技吏民操强弓毒矢以與鱷魚從事必盡殺乃止其無悔

韓公前身當從神道中來其精神通鬼神而走風雷

祭柳子厚文

維年月日韓愈謹以清酌庶羞之奠、祭於亡友柳子厚之靈、嗟嗟子厚而至然邪、自古莫不然、我又何嗟、人之生世、如夢一覺、其間利害、竟亦何校、當其夢時、有樂有悲、及其既覺、豈足追惟、凡物之生、不願爲材、犧罇青黃、乃木之災、子之中棄、天脫馽羈、玉珮瓊琚、大放厥辭、富貴無能、磨滅誰紀、子之自著、表表愈偉、不善爲斲、血指汗顏、巧匠旁觀、縮手袖間、子之文章、而不用世、乃令吾徒、掌帝之制、子之視人、自以無前、一斥不復、羣飛刺天、嗟嗟子厚、今也則亡、臨絶之音、一何琅琅、徧告諸友、以寄厥子、不鄙謂余、亦託以死、凡今之交、觀勢厚薄、余豈可保、能承子託、非我知子、子實命我、猶有鬼神、寧敢遺墮、念子永歸、無復來期、設祭棺前、矢心以辭、嗚呼哀哉

尚饗

祭河南張員外文

維年月日彰義軍行軍司馬守太子右庶子兼御史中丞韓愈謹遣某乙以庶羞清酌之奠祭於亡友故河南縣令張十一員外之靈貞元十九君爲御史余以無能同詔並跱君德渾剛標高揭已有不吾如唾猶泥滓余戇而狂年未三紀乘氣加人無挾自恃彼婉孌者實憚吾曹側肩帖耳有舌如刀我落陽山以尹鼯猱君飄臨

才士浮誇之態

逞奇

武、山林之牢歲弊寒兇、雪虐風饕顛於馬下我
泗君咷夜息南山同臥一席、守隸防夫、觝頂交
跖洞庭漫汗粘天無壁風濤相豗中作霹靂追
程盲進颿船箭激南上湘水屈氏所沈二妃行
迷淚蹤染林山哀浦思鳥獸叫音余唱君和、百
篇在吟、君止于縣、我又南踰、把觥相飲、後期有
無期宿界上、一又相語、自別幾時、遽變寒、暑、枕
臂欹眠加余以股僕來告言、虎入廄處、無敢驚

逐以我驟去君云是物不駿於乘虎取而往來
寅其徵我預在此與君俱膺猛獸果信惡禱而
憑余出嶺中君竢州下偕掾江陵非余望者郴
山奇變其水清寫泊沙倚石有遌無檢衡陽放
酒熊咆虎嗥不存令章罰籌蝟毛委舟湘流往
觀南嶽雲壁潭潭穹林攸擢避風太湖七日鹿
角鈎登大鮎怒頰豕豞臠盤炙酒羣奴餘啄走
官階下首下尻高下馬伏塗從事是遭予徵博

士、君以使已、相見京師、過願之始、分教東生、君掾雍首、兩都相望、於別何有、解手背面、遂十一年、君出我入、如相避然、生闊死休、吞不復宣、刑官屬郎、引章許奪、權臣不愛、南昌是斡、明條謹獄、氓獠戶歌、用遷澧浦、爲人受瘥、還家東都、起令河南、屈拜後生、憤所不堪、屢以正免、身伸事蹇、竟死不升、孰勸爲善、丞相南討、余辱司馬、議兵大梁、走出洛下、哭不憑棺、奠不親斝、不撫其

子、葬不送野、望君傷懷、有隕如瀉、銘君之績、納
石壙中、爰及祖考、紀德事功、外著後世、鬼神與
、通君其奚憾、不余鑒衷、嗚呼哀哉尚饗

奇崛琳琅

祭十二郎文

年月日季父愈聞汝喪之七日乃能銜哀致誠使建中遠具時羞之奠告汝十二郎之靈嗚呼吾少孤及長不省所怙惟兄嫂是依中年兄歿南方吾與汝俱幼從嫂歸葬河陽既又與汝就食江南零丁孤苦未嘗一日相離也吾上有三兄皆不幸早世承先人後者在孫惟汝在子惟吾兩世一身形單影隻嫂常撫汝指吾而言曰韓

家人常的
傳僂之好
訴

氏兩世惟此而已汝時尤小當不復記憶吾時雖能記憶亦未知其言之悲也吾年十九始來京城其後四年而歸視汝又四年吾往河陽省墳墓遇汝從嫂喪來葬又二年吾佐董丞相於汴州汝來省吾止一歲請歸取其孥明年丞相薨吾去汴州汝不果來是年吾佐戎徐州使取汝者始行吾又罷去汝又不果來吾念汝從于東東亦客也不可以久圖久遠者莫如西歸將

成家而致汝嗚呼孰謂汝遽去吾而歿乎吾與
汝俱少年以爲雖暫相別終當久與相處故捨
汝而旅食京師以求斗斛之祿誠知其如此雖
萬乘之公相吾不以一日輟汝而就也去年孟
東野往吾書與汝曰吾年未四十而視茫茫而
髮蒼蒼而齒牙動搖念諸父與諸兄皆康强而
早世如吾之衰者其能久存乎吾不可去汝不
肯來恐旦暮死而汝抱無涯之戚也孰謂少者

歿而長者存强者夭而病者全乎嗚呼其信然邪其夢邪其傳之非其眞邪信也吾兄之盛德而夭其嗣乎汝之純明而不克蒙其澤乎少者强者而夭歿長者衰者而存全乎未可以爲信也夢也傳之非其眞也東野之書耿蘭之報何爲而在吾側也嗚呼其信然矣吾兄之盛德而夭其嗣矣汝之純明宜業其家者不克蒙其澤矣所謂天者誠難測而神者誠難明矣所謂理

者不可推而壽者不可知矣雖然吾自今年來
蒼蒼者或化而爲白矣動搖者或脫而落矣毛
血日益衰志氣日益微幾何不從汝而死也死
而有知其幾何離其無知悲不幾時而不悲者
無窮期矣汝之子始十歲吾之子始五歲少而
強者不可保如此孩提者又可冀其成立邪嗚
呼哀哉嗚呼哀哉汝去年書云比得軟脚病往
往而劇吾曰是疾也江南之人常常有之未始

以爲憂也嗚呼其竟以此而殞其生乎抑別有疾而至斯乎汝之書六月十七日也東野云汝歿以六月二日耿蘭之報無月日蓋東野之使者不知問家人以月日如耿蘭之報不知當言月日東野與吾書乃問使者使者妄稱以應之耳其然乎其不然乎今吾使建中祭汝弔汝之孤與汝之乳母彼有食可守以待終喪則待終喪而取以來如不能守以終喪則遂取以來其

餘奴婢並令守汝喪吾力能改葬終葬汝於先人之兆然後惟其所願嗚呼汝病吾不知時汝歿吾不知日生不能相養以共居歿不得撫汝以盡哀斂不憑其棺窆不臨其穴吾行負神明而使汝夭不孝不慈而不得與汝相養以生相守以死一在天之涯一在地之角生而影不與吾形相依死而魂不與吾夢相接吾實爲之其又何尤彼蒼者天曷其有極自今已往吾其無

意於人世矣當求數頃之田於伊潁之上以待餘年教吾子與汝子幸其成長吾女與汝女待其嫁如此而已嗚呼言有窮而情不可終汝其知也邪其不知也邪嗚呼哀哉尚饗

滿眼涕淚無限傷神情眞語眞

歐陽生哀辭

歐陽詹世居閩越、自詹已上、皆爲閩越官、至州佐縣令者、累累有焉、閩越地肥衍、有山泉禽魚之樂、雖有長材秀民、通文書吏事、與上國齒者、未嘗肯出仕、今上初、故宰相常袞爲福建諸州觀察使、治其地、袞以文辭進、有名於時、又作大官臨莅其民、鄉縣小民、有能誦書作文辭者、袞親與之爲客主之禮、觀游宴饗、必召與之、時未幾、皆化翕然、詹于時獨秀出、衰加敬愛、諸生皆推服、閩越之人舉進士、繇詹始、建中貞元間、余就食江南、未接人事、往往聞詹名閭巷間、詹之稱於江南也久、貞元三年、余始至京師、舉進士、聞詹名尤甚、八年春、遂與詹文辭同考試登第、始相識、自後詹歸閩中、余或在京師他處、不見詹久者、惟詹歸閩中時爲然、其他時與詹離、率不歷歲、移時則必合、合必兩忘其所趨、久然後

去故余與詹相知爲深詹事父母盡孝道仁於
妻子於朋友義以誠氣醇以方容貌嶷嶷然其
燕私善謔以和其文章切深喜往復善自道讀
其書知其於慈孝最隆也十五年冬余以徐州
從事朝正於京師詹爲國子監四門助教將率
其徒伏闕下舉余爲博士會監有獄不果上觀
其心有益於余將忘其身之賤而爲之也嗚呼
詹今其死矣詹閩越人也父母老矣捨朝夕之

養以來京師其心將以有得於是而歸爲父母榮也雖其父母之心亦皆然詹在側雖無離憂其志不樂也詹在京師雖有離憂其志樂也若詹者所謂以志養志者歟詹雖未得位其名聲流於人人其德行信於朋友雖詹與其父母皆可無憾也詹之事業文章李翺旣爲之傳故作哀辭以舒余哀以傳於後以遺其父母而解其悲哀以卒詹志云

求仕與友兮、遠違其鄉、父母之命兮、子奉以行、
友則既獲兮、祿實不豐、以志爲養兮、何有牛羊、
事實既修兮、名譽又光、父母欣欣兮、常若在旁、
命雖云短兮、其存者長、終要必死兮、願不永傷、
友朋親視兮、藥物甚良、飲食孔時兮、所欲無妨、
壽命不齊兮、人道之常、在側與遠兮、非有不同、
山川阻深兮、魂魄流行、祀祭則及兮、勿謂不通、
哭泣無益兮、抑哀自强、推生知死兮、以慰孝誠、

嗚呼哀哉今、是亦難忘、

愈性不喜書、自爲此文、惟自書兩通、其一通遺清河崔羣、羣與余、皆歐陽生友也、哀生之不得位而死、哭之過時而悲、其一通、今書以遺彭城劉君伉、君喜古文、以吾所謂合於古、詣吾廬而來請者八九至、而其色不怨、志益堅、凡愈之爲此文、蓋哀歐陽生之不顯榮於前、又懼其泯滅於後也、今劉君之請、未必知歐陽生其志在古文耳雖然愈之爲古文豈獨取其句讀不類於今者邪思古人而不得見學古道則欲兼通其辭通其辭者本志乎古道者也古之道不苟譽毀於人劉君好其辭則其知歐陽生也無惑焉

殿中少監馬君墓誌銘

君諱繼祖、司徒贈太師北平莊武王之孫、少府監贈太子少傅諱暢之子、生四歲以門功拜太子舍人、積三十四年五轉而至殿中少監、年三十七以卒、有男八人、女二人、始余初冠應進士貢在京師、窮不自存、以故人稚弟拜北平王於馬前、王問而憐之、因得見於安邑里第、王軫其寒饑、賜食與衣、召二子使爲之主、其季遇我特厚少府監贈太子少傅者也姆抱幼子立側眉眼如畫髮漆黑肌肉玉雪可念殿中君也當是時見王於北亭猶高山深林鉅谷龍虎變化不測傑魁人也退見少傅翠竹蒼梧鸞鵠停峙能守其業者也幼子娟好靜秀瑤環瑜珥蘭茁其芽稱其家兒也後四五年吾成進士去而東游哭北平王於客舍後十五六年吾爲尚書都官郎分司東都而分府少傅卒哭之又十餘年至

今哭少監焉。嗚呼。吾未耄老。自始至今。未四十年而哭其祖子孫三世。於人世何如也。人欲久不死而觀居此世者何也。

因少監而及其三代弟兄無一語道少監生平止就交情上生感另是一格

柳子厚墓誌銘

子厚諱宗元、七世祖慶拓跋魏侍中、封濟陰公、曾伯祖奭為唐宰相、與褚遂良韓瑗俱得罪武后死高宗朝、皇考諱鎮、以事母弃太常博士、求為縣令江南、其後以不能媚權貴、失御史、權貴人死、乃復拜侍御史、號為剛直、所與游皆當世名人、子厚少精敏、無不通達、逮其父時、雖少年已自成人、能取進士第、嶄然見頭角、衆謂柳氏

爲子厚洗脫卻不失尺寸

不露王伾文意

說他文章

有子矣其後以博學宏詞授集賢殿正字儁傑廉悍議論證據今古出入經史百子踔厲風發率常屈其座人名聲大振一時皆慕與之交諸公要人爭欲令出我門下交口薦譽之貞元十九年由藍田尉拜監察御史順宗即位拜禮部員外郎遇用事者得罪例出爲刺史未至又例貶永州司馬居閒益自刻苦務記覽爲詞章汎濫停蓄爲深博無涯涘而自肆於山水之間元

柳州之政
以有羅池
不多叙

和中嘗例召至京師又偕出爲刺史而子厚得柳州既至歎曰是豈不足爲政耶因其土俗爲設教禁州人順賴其俗以男女質錢約不時贖子本相侔則沒爲奴婢子厚與設方計悉令贖歸其尤貧力不能者令書其傭足相當則使歸其質觀察使下其法於他州比一歲免而歸者且千人衡湘以南爲進士者皆以子厚爲師其經承子厚口講指畫爲文詞者悉有法度可觀

其召至京師而復爲刺史也中山劉夢得禹錫亦在遣中當詣播州子厚泣曰播州非人所居而夢得親在堂吾不忍夢得之窮無辭以白其大人且萬無母子俱往理請於朝將拜疏願以柳易播雖重得罪死不恨遇有以夢得事白上者夢得於是改刺連州嗚呼士窮乃見節義今夫平居里巷相慕悅酒食游戲相徵逐詡詡強笑語以相取下握手出肝肺相示指天日涕泣

似有指

昌黎從容處凌轢史遷却不襲一字

劊子手

誓生死不相背負眞若可信一旦臨小利害僅如毛髮比反眼若不相識落陷穽不一引手救反擠之又下石焉者皆是也此宜禽獸夷狄所不忍爲而其人自視以爲得計聞子厚之風亦可以少愧矣子厚前時少年勇於爲人不自貴重顧藉謂功業可立就故坐廢退既退又無相知有氣力得位者推挽故卒死於窮裔材不爲世用道不行於時也使子厚在臺省時自持其

三轉

韓文

身已能如司馬刺史時，亦自不斥。斥時有人力能舉之，且必復用不窮。然子厚斥不久，窮不極，雖有出於人，其文學辭章必不能自力以致必傳於後如今無疑也。雖使子厚得所願，爲將相於一時，以彼易此，孰得孰失，必有能辨之者。子厚以元和十四年十一月八日卒，年四十七。以十五年七月十日，歸葬萬年先人墓側。子厚有子男二人，長曰周六，始四歲，季曰周七。子厚卒，乃生女子、二人皆幼、其得歸葬也、費皆出觀察使河東裴君行立、行立有節槩、重然諾、與子厚結交、子厚亦爲之盡、竟賴其力、葬子厚於萬年之墓者、舅弟盧遵、遵涿人、性謹順、學問不厭、自子厚之斥、遵從而家焉、逮其死不去、既往葬子厚、又將經紀其家、庶幾有始終者、銘曰

是惟子厚之室、既固既安、以利其嗣人、

貞曜先生墓誌銘

唐元和九年歲在甲午八月巳亥貞曜先生孟氏卒、無子、其配鄭氏以告、愈走位哭、且召張籍會哭、明日、使以錢如東都供葬事、諸嘗與往來者、咸來哭弔、韓氏遂以書告興元尹故相餘慶、閏月、樊宗師使來弔、告葬期、徵銘、愈哭曰、嗚呼、吾忍銘吾友也夫、興元人以幣如孟氏賻、且來商家事、樊子使來速銘、曰、不則無以掩諸幽、乃

奇語

序而銘之、先生諱郊、字東野、父廷玢、娶裴氏女、而選爲崑山尉、生先生及二季酆郢而卒、先生生六七年、端序則見、長而愈騫、涵而揉之、內外完好、色夷氣清、可畏而親、及其爲詩、劌目鉥心、刃迎縷解、鉤章棘句、掐擢胃腎、神施鬼設、間見層出、唯其大翫於詞、而與世抹摋、人皆劫劫、我獨有餘、有以後時開先生者、曰吾既擠而與之矣、其猶足存邪、年幾五十、始以尊夫人之命、來集京師從進士試、既得、即去、間四年、又命來選、爲溧陽尉、迎侍溧上、去尉二年、而故相鄭公尹河南、奏爲水陸運從事、試協律郎、親拜其母於門內、母卒五年、而鄭公以節領興元軍、奏爲其軍叅謀、試大理評事、挈其妻行之興元、次於閿鄉、暴疾卒、年六十四、買棺以斂、以二人輿歸、酆郢皆在江南、十月庚申、樊子合凡贈賻而葬之洛陽東其先人墓左、以餘財附其家而供祀、將

有快望尚書簡意

葬張籍曰、先生揭德振華、於古有光、賢者故事有易名、況士哉、如曰貞曜先生、則姓名字行有載、不待講說而明、皆曰然、遂用之、初先生所與俱學同姓簡、於世次爲叔父、由給事中觀察浙東、曰生吾不能舉、死吾知恤其家、銘曰、

於戲貞曜、維執不猗、維出不訾、維卒不施、以昌其詩、

萬曆丁巳夏六月烏程閔齋伋識

批點杜工部七言律序

今律詩奉子美爲規萬矣中晩學子美猶然中晩也宋元學子美猶然宋元也昭代詩道呂明上掄前哲或肖其貌或依其聲或得一體或具而

微夫皆學子美未學子美之學也流俗小眼但曉聲貌若不以聲貌而以神情不合而合罕知其合矣吾謂善論文者無如孔氏善論詩者無如孔氏其論文曰辭達而已達

難言哉心所欲言口能出之口所難言筆能寫之才即從心學不竭才如畫如話文至達而止矣其論詩曰可以興情到感生理舉心動聽者神搖是詩之致而風人之旨也

曰可以觀朝家規爲政俗媺惡得失備矣是詩之事而雅頌之弘也曰可怨可怒遭變遘難寄慨咏懷如泣如訴是詩之情而騷人之微也又曰多識鳥獸草木之名連類比

物充實光輝格物致知是詩之學而爾雅之能也又曰事父事君不本倫常理道焉賚不正心術風敎何補焉用詩爲是詩之理而易書禮樂之敎也有唐諸家或以婉約或

以鉅麗或以勁直或以宕蕩或淫靡而令人喪守或鬱結而令人離憂或閒曠而無所重輕或感歎而不出榮遇原本吾夫子之言則合者鮮矣子美其選也子美自言熟精

選理夫不祖三百篇不漁獵漢魏六朝而求子美於子美吾未見子美也吾嘗約略子美之詩槩有數種有直抒衷臆紛澤盡謝愈眞愈淡愈淡愈眞者實至所思旻公劒外

諸什是也有包羅景物沈酣濃郁如錯綺繡如奏管絃者秋興諸什是也有和平閒雅輕重有倫如鳴和鑾如被冠冕者登高閣夜露下諸什是也有危側反聲崎嶔險健轉

石轟雷改絃促柱者城尖霜
黃諸什是也有直寫世變兼
之論言如傳如記世謂詩史
者諸將恨别諸什是也綜其
奥妙不越數端而於孔氏之
言亦可以弗畔矣其有一二

名篇流俗共傳原屬吠聲本
非心賞遂成戶誦落帽正冠
有何佳境歲暮鄉愁有何實
際宗匠相沿習而不察莫敢
平反往往有之約而言之其
匠心竭力處上薄騷選彷彿

風雅而其率易懈怠處亦濫觴宋人比於學究愚不揣薄劣謬爲拈出子美有靈不以佞爲賢矣夫詩之爲教温柔敦厚近代詞人好自夸毗覩高足揚不温不柔矣儇薄輕

佻以爲要渺骨不附肉不敦
不厚矣溫則情深柔則興遠
敦則分量重厚則意念正微
子美吾誰與歸

江夏郭正域撰

杜子美七言律目

九日藍田崔氏莊

崔氏東山草堂

臘日

宣政殿退朝晚出左掖

紫宸殿退朝口號

曲江二首

曲江對酒

曲江值雨

早秋苦熱堆案相仍

所思

卜居

堂成

蜀相

賓至

江村

狂夫

野人送櫻桃

江上值水如海勢聊短述

寄杜位

送韓十四江東覲省

王十七侍御掄許攜酒至草堂奉寄此詩

便請邀高三十五使君同到

陪李七司馬阜江上觀造竹橋即日成往

來之人免冬寒入水聊題短作奉簡李

聞官軍收河南河北

送路六侍御入朝

又送辛員外

涪城縣香積寺官閣

章梓州橘亭餞成都竇少尹

九日

將赴荊南寄別李劒州弟

奉寄別馬巴州

院中晚晴懷西郭茅舍

宿府

至後

撥悶

十二月一日三首

寄常徵君

題桃樹

崔評事弟許相迎不到應慮老夫見泥雨

怯出必愆佳期走筆戲問

峽中覽物

灔澦

白帝

七月一日題終明府水樓二首

黄草

九日

登高

諸將五首

閣夜

白帝城最高樓

立春

赤甲

愁

江雨有懷鄭典設

雨不絕

晝夢

卽事

暮春

季夏送鄉弟韶陪黃門從叔朝謁

返照

示獠奴阿段

見螢火

簡吳郎司法

又呈吴郎

詠懷古跡五首

卽事

秋興八首

覃山人隱居

柏學士茅屋

送李八祕書赴杜相公幕

冬至

小至

舍弟觀赴藍田取妻子到江陵喜寄三首

奉送蜀州柏二別駕將中丞命赴江陵起居衛尚書太夫人因示從弟行軍司馬位

人日

送王十五判官扶侍還黔中得開字

宇文晁尚書之甥崔彧司業之孫尚書之

子重汎鄭監前湖

多病執熱奉懷李尚書

江陵節度使陽城郡王新樓成王請嚴侍
御判官賦七字句同作

又作此奉衛王

見王監兵馬使說近山有白黑二鷹羅者
久取竟未能得王以毛骨有異他鷹恐
臘後春生騫飛避暖勁翮思秋之甚眇

燕子來舟中作

酬郭十五判官受

遣悶戲呈路十九曹長

暮歸

壯麗自足若非微字清灑不免癡肥矣謾書此豪

杜子美七言律

奉和賈至舍人早朝大明宮舍人先世掌絲綸

五夜漏聲催曉箭九重春色醉僊桃（無味）旌旗日暖龍蛇動（湊句）宮殿風微燕雀高朝罷香煙攜滿袖詩成珠玉在揮毫欲知世掌絲綸美池上于今有鳳毛

題張氏隱居

[illegible]

春山無伴獨相求伐木丁丁山更幽澗道餘寒歷冰雪石門斜日到林丘不貪夜識金銀氣遠害朝看麋鹿遊乘興杳然迷出處對君疑是汎虛舟

結句弱

鄭駙馬宴洞中　具體

主家陰洞細煙霧留客夏簟青琅玕春酒杯濃琥珀薄冰漿椀碧瑪瑙寒悞疑茅堂過江麓已入風磴霾雲端自是秦樓壓鄭谷時聞雜珮聲

如此秦樓鄭谷亦是創見

善敘事

珊珊

贈田九判官梁丘

崆峒使節下青霄河隴降王款聖朝宛馬總肥
春苜蓿將軍只數漢嫖姚陳留阮瑀誰爭長京
兆田郎早見招麾下賴君才並入獨能無意向
漁樵

贈獻納起居田舍人澄

獻納司存雨露邊地分清切任才賢舍人退食

> 即是要點綴
>
> 白雲篇不必所出着晴窗字更別

撰句

> 即景不住
>
> 即事不離

收封事宮女開函近御筵曉漏追趨青瑣闥晴窗點檢白雲篇楊雄更有河東賦唯待吹噓送上天

城西陂泛舟

青蛾皓齒在樓船橫笛短簫悲遠天春風自信牙檣動遲日徐看錦纜牽魚吹細浪搖歌扇燕蹴飛花落舞筵不有小舟能盪槳百壺那送酒如泉

帽落既重落
帽有破正冠
何爲髞萘之
說不然

此詩經誠齋
說盡舊曾手
寫誤作好把
便覺情性甚
遠因贊其妙

杜七言無從
亦是一體

九日藍田崔氏莊

老去悲秋强自寬興來今日盡君歡羞將短髮還吹帽笑倩旁人爲正冠藍水遠從千澗落玉山高並兩峰寒明年此會知誰健醉把茱萸子細看

淺而真

崔氏東山草堂　吴體

愛汝玉山草堂靜高秋爽氣相鮮新有時自發鐘磬響落日更見漁樵人盤剝白鴉谷口栗飯

漸覺渾成天趣自見

末句有諷

村行

煮青泥坊底芹何事西莊王給事柴門空閉鎖

松筠

臘日

善敘事

臘日常年暖尚遙今年臘日凍全消侵凌雪色

還萱草漏洩春光有柳條縱酒欲謀良夜醉還

小兒語大家數

家初散紫宸朝口脂面藥隨恩澤翠管銀罌下

九霄

宣政殿退朝晚出左掖

撰句

終覺肥濁

天門日射黃金牓春殿晴曛赤羽旗宮草霏霏
承委珮爐煙細細駐遊絲雲近蓬萊常五色雪
殘鳷鵲亦多時侍臣緩步歸青鎖退食從容出
（佳處自在可想）
每遲

紫宸殿退朝口號

春容富麗

戶外昭容紫袖垂雙瞻御座引朝儀香飄合殿
春風轉花覆千官淑景移晝漏稀聞高閣報天
（三字嫩）
顏有喜近臣知宮中每出歸東省會送夔龍集
（意外意）

清空一氣如話

小緩得墨最是傾倒律詩不甚縛律者警策之至可以動悟不特嚴句而已

落落酬暢如不經意而首尾圓活生意自然有不可名言之妙

鳳池

曲江二首

一片花飛（鍾情語別）減却春風飄萬點正愁人且看欲盡花經眼莫厭傷多酒入脣江上小堂巢翡翠苑邊高塚臥麒麟細推物理須行（此等語似宋人）樂何用浮名絆此身

朝回日日（創出高興）典春衣每日江頭盡醉歸酒債尋常行處有人生七十（不文）古來稀穿花蛺蝶深深見點

人以為巧吾以為拙四句亦自恣肆

水蜻蜓欵欵飛傳語風光共流轉暫時相賞莫相違

曲江對酒

苑外江頭坐不歸水精春殿轉霏微桃花細逐楊花落黃鳥時兼白鳥飛縱飲久拚人共弃嬾朝眞與世相違吏情更覺滄洲遠老大徒傷未拂衣　春殿一作宮殿

曲江值雨

老健有情此非旌旗日暖宮殿風微兩句比

城上春雲覆苑牆、江亭晚色靜年芳、林花著雨臙脂落、水荇牽風翠帶長、龍武新軍深駐輦、芙蓉別殿謾焚香、何時詔此金錢會、暫醉佳人錦瑟旁、

題省中院壁　吳體

掖垣竹埤梧十尋、洞門對雪常陰陰、落花遊絲白日靜、鳴鳩乳燕青春深、腐儒衰晚謬通籍、退食遲回違寸心、衮職曾無一字補、許身愧比雙

隊仗起宮

南金

曲江陪鄭八丈南史飲

雀啄江頭黃柳花、鵁鶄鸂鶒滿晴沙、自知白髮非春事、且盡芳樽戀物華、近侍卽今難浪迹此身那得更無家丈人才力猶强健、豈傍青門學種瓜、

送鄭十八虔貶台州司戶傷其臨老陷賊之故闕爲面別情見於詩　景體

如話

一直如面談

鄭公樗散鬢如絲酒後常稱老畫師萬里傷心嚴譴日百年垂死中興時倉皇已就長途往邂逅無端出餞遲便與先生應永訣九重泉路盡交期

因許八奉寄江寧旻上人

不見旻公三十年封書寄與淚潺湲舊來好事今能否老去新詩誰與傳棊局動隨幽澗竹袈裟憶上汎湖船聞君話我爲官在頭白昏昏只

奇

醉眠。　函亦作君

題鄭縣亭子

鄭縣亭子澗之濱、戶牖憑高發興新。雲斷嶽蓮臨大路、天晴宮柳暗長春。巢邊野雀羣欺燕、花底山蜂遠趁人。更欲題詩滿青竹、晚來幽獨恐傷神。

興盡

望嶽

西嶽崚嶒竦處尊、諸峰羅立似兒孫。安得僊人

清空一氣如話

九節杖拄到玉女洗頭盆車箱入谷無歸路箭括通天有一門稍待秋風凉冷後高尋白帝問眞源

至日遣興奉寄兩院遺補二首

去歲茲辰捧御牀五更三點入鵷行欲知趨走傷心地正想氤氳滿眼香無路從容陪笑語有時顛倒著衣裳何人錯憶窮愁日愁日愁隨一線長

此與大曆三年調玉燭又別

眞而淺

憶。昨逍遥供奉班去年今日侍龍顔麒麟不動爐煙上孔雀徐開扇影還玉几由來天北極朱衣只在殿中間孤城此日堪腸斷愁對寒雲雪滿山

早秋苦熱堆案相仍

七月六日苦炎熱對食暫餐還不能每愁夜中自足蝎況乃秋後轉多蠅束帶發狂欲大叫簿書何急來相仍南望青松架短壑安得赤脚踏

本屬無稽筆縱至此

語頗蕭宕

如叙事

盤渦鷺浴底心性

伯仲之間見伊呂

峽王宅裏崔九堂

前巴峽穿巫峽裏

層冰

所思

苦憶荊州醉司馬，謫官樽酒定常開。九江日落醒何處，一柱觀頭眠幾回。可憐懷抱向人盡，欲問平安無使來。故憑錦水將雙淚，好過瞿塘灩澦堆。甚是鍾情

卜居

浣花溪水水（疊一字好）西頭，主人爲卜林塘幽。已知出郭

陽向洛陽九江日落一柱觀頭遂有馮夷始知嬴女無數一雙三寸兩箇一行自去自來相親相近生憎不分自今以後此等皆肆筆縱橫有綠野氣大家數不可無俗眼之所遺更以為笑

少塵事更有澄江銷客愁無數蜻蜓齊上下一雙鸂鶒對沉浮東行萬里堪乘興須向山陰上小舟　眞處見大家

堂成

背郭堂成蔭白茅緣江路熟俯青郊榿林礙日吟風葉籠竹和煙滴露梢暫止飛烏將數子頻來語燕定新巢旁人錯比楊雄宅懶惰無心作解嘲　公自注榿木名不才可充薪而小惟蜀地最宜種

用係論
全首如此
一字一淚矣

清空一氣
如話

此與後文場
語意似

蜀相

丞相祠堂何處尋錦官城外柏森森映階碧草自春色隔葉黃鸝空好音三顧頻繁天下計兩朝開濟老臣心出師未捷身先死長使英雄淚滿襟

賓至

幽棲地僻經過少老病人扶再拜難豈有文章驚海內謾勞車馬駐江干竟日淹留佳客坐百

清空一氣
如話

年麤糲腐儒餐不嫌野外無供給乘興還來看藥欄

江村

清江一曲抱村流長夏江村事事幽自去自來梁上燕相親相近水中鷗老妻畫紙爲棊局稺子敲針作釣鉤多病所須惟藥物微軀此外更何求

語意如叙

全首寫曠真野人之語言者

狂夫

撰句

真而無味

萬里橋西一草堂，百花潭水即滄浪。風含翠篠娟娟淨，雨裛紅蕖冉冉香。厚祿故人書斷絕，恒饑穉子色凄涼。欲填溝壑唯疎放，自笑狂夫老更狂。

極無可奈何之意

進艇

南京久客耕南畝，北望傷神坐北窗。晝引老妻乘小艇，晴看穉子浴清江。俱飛蛺蝶元相逐，並蒂芙蓉本自雙。茗飲蔗漿攜所有，瓷罌無謝玉

亦觀物自得之意及諸好處

善叙事

句々洗削

詩中不可無此

清空一氣如話

鴛鉦

野老

野老籬前江岸回柴門不正逐江開漁人網集澄潭下賈客船隨返照來長路關心悲劍閣片雲何意傍琴臺王師未報收東郡城闕秋生畫角哀

此等亦與人意無異

南鄰

錦里先生烏角巾園收芋栗未全貧慣看賓客

淺溪小艇本是實景然寫出有至足之味

兒童喜得食階除鳥雀馴秋水纔深四五尺野航恰受兩三人白沙翠竹江村暮相送柴門月色新

看幾過後見朱華齋鄉此倍覺有懷有濃有淡當由實歷故見

清空一氣如話

恨別

洛城一別四千里胡騎長驅五六年草木變衰行劍外兵戈阻絕老江邊思家步月清宵立憶弟看雲白日眠聞道河陽近乘勝司徒急爲破幽燕

淺了

趣得稱情

暮登四安寺鐘鼓寄裴十迪

暮倚高樓對雪峰、僧來不語自鳴鐘、孤城返照紅將斂、近寺浮煙翠且重、多病獨愁常闃寂、故人相見未從容、知君苦思緣詩瘦、太向交游萬事慵、

和裴迪登蜀州東亭送客逢早梅相憶見寄

東閣官梅動詩興、還如何遜在揚州、此時對雪

王元美過愛此二聯點太過

遙相憶送客逢春可自由幸不折來傷歲暮若爲看去亂鄉愁江邊一樹垂垂發朝夕催人自白頭

亦宛變沉着

清空一氣如話

客至

舍南舍北皆春水但見羣鷗日日來花徑不曾緣客掃蓬門今始爲君開盤飧市遠無兼味樽酒家貧只舊醅肯與鄰翁相對飲隔籬呼取盡餘杯

陡絕又是一體

無味

野人送櫻桃

西蜀櫻桃也自紅野人相贈滿筠籠數回細寫愁仍破萬顆勻圓訝許同憶昨賜霑門下省退朝擎出大明宮金盤玉筯無消息此日嘗新任轉蓬

江上值水如海勢聊短述

自叙醜拙

全首不干題事

爲人性僻耽佳句語不驚人死不休老去詩篇

自負甚奇

渾漫與春來花鳥莫深愁新添水檻供垂釣故

蠢而嫩

如此學杜便墮惡道

[illegible]

著浮槎替入舟焉得思如陶謝手令渠述作與同遊

亦自有趣

寄杜位

近聞寬法離新州想見歸懷尚百憂逐客雖皆萬里去悲君已是十年流干戈況復塵隨眼鬢髮還應雪滿頭玉壘題書心緒亂何時更得曲江遊

送韓十四江東覲省

清空一氣如話

此子美自謂選悲極怨

兵戈不見老萊衣歎息人間萬事非我已無家尋弟妹君今何處訪庭闈黃牛峽靜灘聲轉白馬江寒樹影稀此別還須各努力故鄉猶恐未同歸

王十七侍御掄許攜酒至草堂奉寄此詩便請邀高三十五使君同到

寫事無味處

老夫臥穩朝慵起白屋寒多暖始開江鸛巧當幽徑浴鄰雞還過短墻來繡衣屢許攜家醞皁

霜威促山簡語殊不佳亦自俗見

亦暢亦平可取可舍

如此下合歡字誰曉頗疑其誤

盞能忘折野梅戲假霜威促山簡須成一醉習池回

陪李七司馬皁江上觀造竹橋即日成往來之人免冬寒入水聊題短作奉簡李公

伐竹爲橋結構同褰裳不涉往來通天寒白鶴歸華表日落青龍見水中顧我老非題柱客知君才是濟川功合歡却笑千年事驅石何時到海東

善叙事

翰不平音撓北

清空一氣如話

嚴中丞枉駕見過

元戎小隊出郊坰問柳尋花到野亭川合東西瞻使節地分南北任浮萍扁舟不獨如張翰皁帽應兼似管寧寂寞江天雲霧裏何人道有少微星

野望

西山白雪三城戍南浦清江萬里橋海內風塵諸弟隔天涯涕淚一身遙唯將遲暮供多病未

善叙事

[illegible]

有涓埃答聖朝跨馬出郊時極目不堪人事日蕭條

奉酬嚴公寄題野亭之作

拾遺曾奏數行書懶性從來水竹居奉引濫騎沙苑馬幽棲眞釣錦江魚謝安不倦登臨費阮籍焉知禮法疎枉沐旌旄出城府草茆無逕欲教鋤

嚴中丞仲夏枉駕草堂兼攜酒饌得寒字

善叙事

竹裏行廚洗玉盤，花邊立馬簇金鞍。非關使者徵求急，自識將軍禮數寬。百年地僻柴門迥，五月江深草閣寒。看弄漁舟移白日，老農何有罄交歡。

清健朴野

秋盡

秋盡東行且未回，茆齋寄在少城隈。籬邊老却陶潛菊，江上徒逢袁紹杯。雪嶺獨看西日落，劍門猶阻北人來。不辭萬里長爲客，懷抱何時得

善叙事

善叙事

枝術
好開

吹笛

吹笛秋山風月清誰家巧作斷腸聲風飄律呂
相和切月傍關山幾處明胡騎中宵堪北走武
陵一曲想南征故園楊柳今搖落何得愁中却
盡生

野望

金華山北涪水西仲冬風日始凄凄山連粤嶲

自然壯麗

清空一氣如話寫喜意眞切愈朴而近

蟠三蜀水散巴渝下五溪獨鶴不知何事舞饑烏似欲向人啼射洪春酒寒仍綠目極傷神誰爲攜

聞官軍收河南河北

劍外忽傳收薊北初聞涕淚滿衣裳却看妻子愁何在謾卷詩書喜欲狂白首放歌須縱酒青春作伴好還鄉卽從巴峽穿巫峽便下襄陽向洛陽

清空一氣如話

送路六侍御入朝

童稚情親四十年，中間消息兩茫然。更爲後會知何地，忽漫相逢是別筵。不分桃花紅勝錦，生憎柳絮白於綿。劍南春色還無賴，觸忤愁人到酒邊。

又送辛員外

雙峰寂寂對春臺，萬竹青青照客杯。細草留連侵坐軟，殘花悵望近人開。同舟昨日何由得，並

撰句

馬今朝未擬回直到綿州始分首江頭樹裏共誰來

涪城縣香積寺官閣

寺下春江深不流山腰官閣迥添愁含風翠壁孤雲細背日丹楓萬木稠小院迴廊春寂寂浴鳧飛鷺晚悠悠諸天合在藤蘿外昏黑應須到上頭

章梓州橘亭餞成都竇少尹

作公自注音做

秋日野庭千橘香玉杯錦席高雲凉主人送客何所作行酒賦詩殊未央衰老應爲難離別賢聲此去有輝光預傳藉藉新京兆青史無勞數趙張

九日　吴體

去年登高郪縣北今日重在涪江濱苦遭白髮不相放羞見黄花無數新世亂鬱鬱久爲客路難悠悠常傍人酒闌却憶十年事腸斷驪山清

路塵

將赴荆南寄别李劒州弟

使君高義驅今古寥落三年坐劒州但見文翁能化俗焉知李廣未封侯路經灔澦雙蓬鬢天入滄浪一釣舟戎馬相逢更何日春風回首仲宣樓（語特悽愴）

奉寄别馬巴州

勳業終歸馬伏波功曹非復漢蕭何扁舟繫纜

謂不能執别知必爲我棄也春湖豈所居或巴州景物耶

善叙事

謂先主廟中乃亦有後主此亡國者何足祠徒使人思諸葛梁父之恨而已梁父吟亦興廢之感也武侯以之

沙邊久南國浮雲水上多獨把魚竿終遠去難隨鳥翼一相過知君未愛春湖色興在驪駒白玉珂

登樓

花近高樓傷客心萬方多難此登臨錦江春色來天地玉壘浮雲變古今北極朝廷終不改西山寇盜莫相侵可憐後主還祠廟日暮聊爲梁父吟

善叙事

以亭在觀內故有下句

撰句

維是江境語有神雋

滕王亭子

君王臺榭枕巴山萬丈丹梯尚可攀春日鶯啼脩竹裏僊家犬吠白雲閒清江碧石傷心麗嫩蘂濃花滿目斑人到于今歌出牧來遊此地不知還

玉臺觀

中天積翠玉臺遙上帝高居絳節朝遂有馮夷來擊鼓始知嬴女善吹簫江光隱見黿鼉窟石

以觀內有滕王亭子故有鼓簫之句

[illegible]

勢參差烏雀橋更有紅顏生羽翰、便應黃髮老樵漁 翰作去聲今人以為訢未必敢用也

奉待嚴大夫

殊方又喜故人來重鎮還須濟世才常怪偏裨終日待不知旌節隔年回欲辭巴徼啼鶯合遠下荊門去鷁催身老時危思會面一生襟抱向誰開

奉寄高常侍

善叙事

汝上相逢年頗多飛騰無那故人何總戎楚蜀應全未方駕曹劉不啻過今日朝廷須汲黯中原將帥憶廉頗天涯春色催遲暮別後遙添錦水波

奉寄章十侍御

淮海維揚一俊人金章紫綬照青春指麾能事回天地訓練强兵動鬼神湘西不得歸關羽河（此人所諱者）內猶宜借寇恂朝覲從容問幽側勿云江漢有

善叙事

垂綸

將赴成都草堂途中有作先寄嚴鄭公五首

得歸茅屋赴成都、眞爲文翁再剖符、但使閭閻還揖讓敢論松菊久荒蕪、魚知丙穴由來美、酒憶郫筒不用沽、五馬舊曾諳小徑幾回書札待潜夫

處處清江帶白蘋故園猶得見殘春雪山斥候

善叙事

無兵馬錦里逢迎有主人休怪兒童延俗客不教鵞鴨惱比鄰習池未覺風流盡況復荊州賞更新

竹寒沙碧浣花溪橘刺藤梢咫尺迷過客徑須愁出入居人不自解東西書籤藥裹封蛛網野店山橋送馬蹄肯籍荒亭春草色先拚一飲醉如泥

常苦沙崩損藥欄也從江檻落風湍新松恨不

棲德

高于尺惡竹應須斬萬竿生理秪憑黃閣老衰顏欲付紫金丹三年奔走空皮骨信有人間行路難

善叙事

錦官城西生事微烏皮几在還思歸昔去爲憂亂兵入今來已恐鄰人非側身天地更懷古回首風塵甘息機共說總戎雲鳥陣不妨遊子芰荷衣

歷練慷慨

無限言外

院中晚晴懷西郭茅舍

撰句

撰句

上下沉着

幕府秋風日夜清澹雲疎雨過高城葉心朱實
堪時落階面青苔元自生復有樓臺銜暮景不
勞鐘鼓報新晴浣花溪裏花饒笑肯信吾兼吏
隱名

宿府

清秋幕府井梧寒獨宿江城蠟炬殘永夜角聲
悲自語中天月色好誰看風塵荏苒音書絕關
塞蕭條行路難已忍伶俜十年事彊移棲息一

枝安、

至後

冬至至後日初長、遠在劒南思洛陽、青袍白馬有何意、金谷銅駝非故鄉、梅花欲開不自覺、棣蕚一別永相望、愁極本憑詩遣興、詩成吟詠轉淒涼、

語極有興、

清空一氣如話

撥悶

聞道雲安麴米春、纔傾一盞即醺人、乘舟取醉

予羨七言律每每放蕩此又參差竹枝之上三首皆然

非難事下峽銷愁定幾巡長年三老遥憐汝捩柁開頭捷有神已辦青錢防顧直當令美味入吾脣

十二月一日三首　吴體

今朝臘月春意動雲安縣前江可憐一聲何處送書鴈百丈誰家上瀨船未將梅蘂驚愁眼更取椒花媚遠天明光起草人所羨肺病幾時朝日邊

寒輕市上山煙碧日滿樓前江霧黃負鹽出井此溪女打鼓發船何郡郎新亭舉目風景切茂陵著書消渴長春花不愁不爛熳楚客惟聽棹相將　好語

卽看燕子入山扉豈有黃鸝歷翠微短短桃花臨水岸輕輕柳絮點人衣自在春來準擬開懷久老去親知見面稀他日一杯難強進重嗟筋力故山違

語甚不類其譏徵君弟二句已見至階前鳴向人甚矣

寄常徵君

白水青山空復春徵君晚節傍風塵楚妃堂上色殊衆海鶴階前鳴向人萬事糾紛猶絶粒一官羈絆實藏身開州入夏知凉冷不似雲安毒熱新

題桃樹

小徑升堂舊不斜五株桃樹亦從遮高秋總餽鄰人實來歲還舒滿眼花簾戶每宜通乳燕兒

即寄意亦
不相蒙

校得

童莫信打慈鴉寡妻羣盜非今日天下車書正
一家

崔評事弟許相迎不到應慮老夫見泥雨
怯出必愆佳期走筆戲簡

江閣邀賓許馬迎午時起坐自天明浮雲不負
青春色細雨何孤白帝城身過花間霑濕好醉

上句更似有風韻

於馬上往來輕虛疑皓首衝泥怯實少銀鞍傍
險行

峽中覽物

曾爲掾吏趨三輔憶在潼關詩興多巫峽忽如瞻華嶽蜀江猶似見黄河舟中得病移衾枕洞口經春長薜蘿形勝有餘風土惡幾時回首一高歌

灔澦　其體

灔澦既没孤根深西來水多愁太陰江天漠漠鳥雙去風雨時時龍一吟舟人漁子歌回首估

意卻與盡

撰句

客胡商淚滿襟寄語舟航惡年少休翻鹽井橫
黃金

白帝

白帝城中雲出門白帝城下雨翻盆高江急峽
雷霆鬭古木蒼藤日月昏戎馬不如歸馬逸千
家今有百家存哀哀寡婦誅求盡慟哭秋原何
處村

七月一日題終明府水樓二首

吳體

高棟層軒已自涼秋風此日灑衣裳翛然欲下陰山雪不去非無漢署香（兩句如何相合）絕壁過雲開錦繡疎松隔水奏笙簧看君宜著王喬履眞賜還疑出尚方

處子彈琴邑宰日終軍弃繻英妙時承家節操尚不泯爲政風流今在茲可憐賓客盡傾蓋何處老翁來賦詩楚江巫峽半雲雨清簟疎簾看弈棋　無一字不盡

清空一氣如話

黃草

黃草峽西船不歸，赤甲山下行人稀。秦中驛使無消息，蜀道兵戈有是非。萬里秋風吹錦水，誰家別淚濕羅衣。莫愁劍閣終難據，聞道松州已被圍。

語態流灑

清空一氣如話

九日

重陽獨酌杯中酒，抱病起登江上臺。竹葉於人既無分，菊花從此不須開。殊方日落玄猿哭，舊

撰句

國霜前白鴈來弟妹蕭條各何在干戈衰謝兩相催

登高

風急天高猿嘯哀渚清沙白鳥飛回無邊落木蕭蕭下不盡長江滾滾來萬里悲秋常作客百年多病獨登臺艱難苦恨繁霜鬢潦倒新亭濁酒杯

諸將五首　多少蘊藉一唱三歎

五首全好
用議論

漢朝陵墓對南山胡虜千秋尚入關昨日玉魚蒙葬地早時金盌出人間見愁汗馬西戎逼曾閃朱旗北斗閑多少材官守涇渭將軍且莫破愁顏

韓公本意築三城擬絶天驕拔漢旌豈謂盡煩回紇馬翻然遠救朔方兵胡來不覺潼關隘龍起猶聞晉水清獨使至尊憂社稷諸君何以答升平

洛陽宮殿化爲烽休道秦關百二重滄海未全歸禹貢薊門何處覓堯封朝廷袞職誰爭補天下軍儲自不供稍喜臨邊王相國肯銷金甲事春農

回首扶桑銅柱標冥冥氛祲未全銷越裳翡翠無消息南海明珠久寂寥殊錫曾爲大司馬總戎皆插侍中貂炎風朔雪天王地只在忠良翊聖朝

錦江春色逐人來巫峽清秋萬壑哀正憶往時嚴僕射共迎中使望鄉臺主恩前後三持節軍令分明數舉杯西蜀地形天下險安危須仗出羣材

閣夜

歲暮陰陽催短景天涯霜雪霽寒宵五更鼓角聲悲壯三峽星河影動搖野哭千家聞戰伐夷歌幾處起漁樵臥龍躍馬終黃土人事音書漫

撰句

兩句共見奇麗若上句何足之異不評詩未易語此

推愁浩蕩
极勝

寂寥、

白帝城最高樓

城尖徑仄旌旆愁獨立縹緲之飛樓峽坼雲霾
龍虎睡江清日抱黿鼉遊扶桑西枝封斷石弱
水東影隨長流杖藜歎世者誰子泣血迸空回
白頭

立春

春日春盤細生菜忽憶兩京梅發時盤出高門

行白玉萊傳纖手送青絲巫峽寒江那對眼杜陵遠客不勝悲此身未知歸定處呼見覓紙一

四話爲且了事

題詩

赤甲　吳體

卜居赤甲遷居新兩見巫山楚水春炙背可以獻天子美芹由來知野人荆州鄭薛寄書近蜀客郄岑非我鄰笑接郎中評事飲病從深酌道吾眞

一事兩句不相屬

蔡寛夫詩話以子美盤渦鷺浴底心性獨樹花發自分明為吳體以家家養烏鬼日日食黃魚為俳諧體以江上誰家桃樹枝春寒細雨出疎籬為新句雖若為戲然不害其格力也

愁　吳體

江草日日喚愁生巫峽泠泠非世情盤渦鷺浴
底心性獨樹花發自分明十年戎馬暗南國異
域賓客老孤城渭水秦山得見否人今罷病虎
縱橫

出自注强戲為吳體

江雨有懷鄭典設　吳體

春雨闇闇塞峽中早晚來自楚王宮亂波分披
已打岸弱雲狼藉不禁風龍光蕙葉與多碧點

[illegible]

涯桃花舒小紅谷口子眞正憶汝岈高瀼滑限西東

雨不絕　晏體

鳴雨既過漸細微映空搖颺如絲飛階前短草泥不亂院裏長條風乍稀舞石旋應將乳子行雲莫自濕僊衣眼邊江舸何怱促未得安流逆浪歸

畫夢　晏體

石燕神女用得奇惟將字從俗更好

虛無二字下得好兩句從精

二月饒睡昏昏然不獨夜短晝分眠桃花氣暖眼自醉春渚日落夢相牽故鄉門巷荊棘底中原君臣豺虎邊安得務農息戰鬬普天無吏橫索錢

即事　吳體

暮春三月巫峽長皛皛行雲浮日光雷聲忽送千峰雨花氣渾如百和香黃鶯過水翻回去燕子銜泥濕不妨飛閣捲簾圖畫裏虛無只少對

瀟湘

暮春

臥病擁塞在峽中瀟湘洞庭虛映空楚天不斷
四時雨巫峽常吹萬里風沙上草閣柳新暗城
邊野池蓮欲紅暮春鴛鷺立洲渚挾子翻飛還
一叢

季夏送鄉弟韶陪黃門從叔朝謁

太直致

令弟尚爲蒼水使名家莫出杜陵人比來相國

善叙事

此吟蟋蟀亦過欲出於子美未必不爲名言

撰句

兼安蜀歸赴朝廷巳入秦捨舟策馬論兵地拖玉腰金報主身莫度清秋吟蟋蟀早聞黄閣畫麒麟

返照

楚王宫北正黄昏白帝城西過雨痕返照入江翻石壁歸雲擁樹失山村衰年肺病惟高枕絶塞愁時早閉門不可久留豺虎亂南方實有未招魂

字字着意

語不輕易毅恨更多

清空一氣如話

示獠奴阿段

山木蒼蒼落日曛竹竿褭褭細泉分郡人入夜爭餘瀝稚子尋源獨不聞病渴三更回白首傳聲一注濕青雲曾驚陶侃胡奴異惟爾常穿虎豹羣

見螢火

巫山秋夜螢火飛簾疏巧入坐人衣忽驚屋裏琴書冷復亂簷前星宿稀却繞井闌添箇箇偶

經花蘂弄輝輝滄江白髮愁看汝來歲如今歸未歸

簡吳郎司法

有客乘舸自忠州遣騎安置瀼西頭古堂本買藉疎豁借汝遷居停宴遊雲石熒熒高葉曉江風颯颯亂帆秋却爲姻婭過逢地許坐曾軒數散愁

又呈吳郎

此兩簡語甚媸箋解詩皆若此實悮後人

用議論

堂前撲棗任西鄰、無食無兒一婦人、不爲困窮寧有此、秖緣恐懼轉須親、卽防遠客雖多事、使插疏籬却甚眞、已訴徵求貧到骨、正思戎馬淚盈巾、

詠懷古跡五首

支離東北風塵際、漂泊西南天地間、三峽樓臺淹日月、五溪衣服共雲山、羯胡事主終無賴、詞客哀時且未還、庾信平生最蕭瑟、暮年詩賦動

異代即不同時令人便以為重不屑〻用事結得更高

起得磊落

江關

搖落深知宋玉悲風流儒雅亦吾師悵望千秋一灑淚蕭條異代不同時江山故宅空文藻雲雨荒臺豈夢思最是楚宮俱泯滅舟人指點到今疑

羣山萬壑赴荊門生長明妃尚有村一去紫臺連朔漠獨留青塚向黃昏畫圖省識春風面環珮空歸月夜魂千載琵琶作胡語分明怨恨曲

兩詩氣象別

中論

蜀主窺吳幸三峽，崩年亦在永安宮。翠華想象空山裏，玉殿虛無野寺中。古廟杉松巢水鶴，歲時伏臘走村翁。武侯祠屋長鄰近，一體君臣祭祀同。

諸葛大名垂宇宙，宗臣遺像肅清高。三分割據紆籌策，萬古雲霄一羽毛。（不必作如此說）伯仲之間見伊呂，（二語說得出）指揮若定失蕭曹。運移漢祚終難復，志決身殲軍

八詩大體沉雄富麗哀傷

務勞

即事　吴體

天畔羣山孤草亭江中風浪雨冥冥一雙白魚不受釣三寸黃柑猶自青多病馬卿無日起窮途阮籍幾時醒未聞細柳散金甲腸斷秦川流濁涇

秋興八首　八首極力撰句却自渾雄不露纖巧態

玉露凋傷楓樹林巫山巫峽氣蕭森江間波浪

無限盡在言外故自不厭小家數乃不可彷彿耳

畫省香爐雖點綴意幽語亦太朴

兼天湧塞上風雲接地陰叢菊兩開他日淚孤舟一繫故園心寒衣處處催刀尺白帝城高急暮砧

夔府孤城落日斜每依北斗望京華聽猿實下三聲淚奉使虛隨八月槎畫省香爐違伏枕山樓粉堞隱悲笳請看石上藤蘿月已映洲前蘆荻花

語苦

千家山郭靜朝暉日日江樓坐翠微信宿漁人

汎汎無所得也

還汎汎清秋燕子故飛飛匡衡抗疏功名薄劉向傳經心事違同學少年多不賤五陵衣馬自輕肥

聞道長安似弈棊百年世事不勝悲王侯第宅皆新主文武衣冠異昔時直北關山金鼓振征西車馬羽書遲魚龍寂寞秋江冷故國平居有所思

蓬萊宮闕對南山承露金莖霄漢間西望瑤池

律句有此自覺雄渾

起便是

兩句寫幸蜀之怨懷故京之思不分遠近此詩見高

杜律

降王母東來紫氣滿函關雲移雉尾開宮扇日繞龍鱗識聖顏一臥滄江驚歲晚幾回青瑣點朝班

瞿塘峽口曲江頭萬里風煙接素秋花萼夾城通御氣芙蓉小苑入邊愁珠簾繡柱圍黃鵠錦纜牙檣起白鷗（對句耳不足為麗）回首可憐歌舞地秦中自古帝王州

昆明池水漢時功武帝旌旗在眼中織女機絲

語有悲慨可念

虛夜月石鯨鱗甲動秋風波漂菰米沈雲黑露冷蓮房墜粉紅關塞極天惟鳥道江湖滿地一漁翁

昆吾御宿自逶迤紫閣峰陰入渼陂香稻啄餘鸚鵡粒碧梧棲老鳳凰枝佳人拾翠春相問僊侶同舟晚更移綵筆昔曾干氣象白頭吟望苦低垂

甚有風音春字又勝

覃山人隱居

[illegible]

清空一氣如話

南極老人自有星、北山移文誰勒銘、徵君已去獨松菊、哀壑無光留戶庭、予見亂離不得已、子知出處必須輕、高車駟馬帶傾覆、悵望秋天虛翠屏、

直而有致

此隱居似在大路傍故云

柏學士茅屋

碧山學士焚銀魚白馬却走身岩居古人已用三冬足年少今開萬卷餘晴雲滿戶團輕蓋秋水浮階溜決渠富貴必從勤苦得男兒須讀五

便作村學究伎倆

何以作此等語

送李八祕書赴杜相公幕

善叙事

青簾白舫益州來、巫峽秋濤天地回、石出倒聽

形容遠志

楓葉下、櫓搖背指菊花開、貪趨相府今晨發、恐

二語大易

南極朝北斗不必可解

失佳期後命催、南極一星朝北斗、五雲多處是

三台、

石出二句皆目擊自然而險易天出極舟行之妙

冬至

善叙事

年年至日長爲客、忽忽窮愁泥殺人、江上形容

摂句

[illegible]

吾獨老天涯風俗自相親杖藜雪後臨丹壑鳴
玉朝來散紫宸心折此時無一寸路迷何處是
三秦

小至

天時人事日相催冬至陽生春又來刺繡五紋
添弱線吹葭六琯動浮灰岸容待臘將舒柳山
意衝寒欲放梅雲物不殊鄉國異教兒且覆掌
中杯

妙在平易真切

舍弟觀赴藍田取妻子到江陵喜寄三首

汝迎妻子達荆州消息眞傳解我憂鴻鴈影來連峽内鶺鴒飛急到沙頭嶢關險路今虛遠禹鑿寒江正穩流朱紱卽當隨綵鷁青春不假報黄牛

馬度秦山雪正深北來肌骨苦寒侵他鄉就我生春色故國移居見客心歡劇提攜如意舞喜多行坐白頭吟巡簷索共梅花笑冷蘂疎枝半

此君在如存
皆書札語

不禁

庚信羅舍俱有宅春來秋去作誰家短牆若在從殘草喬木如存可假花卜築應同蔣詡徑爲園須種邵平瓜比年病酒開涓滴弟勸兄酬何怨嗟甚真

奉送蜀州柏二別駕將中丞命赴江陵起居衞尚書太夫人因示從弟行軍司馬位

中丞問俗畫熊頻愛弟傳書綵鷁新遷轉五州

清空一氣如話

防禦使起居八座太夫人楚宫臘送荆門水白帝雲偷碧海春與報惠連詩不惜知吾斑鬢總如銀

人日

此日此時人共得一談一笑俗相看樽前柏葉休隨酒勝裏金花巧耐寒佩劒衝星聊暫拔匣琴流水自須彈早春重引江湖興直道無憂行路難

扈遊迎養豈
為能言

杯銜

送王十五判官扶侍還黔中得開字

大家東征逐子回風生洲渚錦帆開青青竹笋迎船出白白江魚入饌來離别不堪無限意艱危須仗濟時才黔陽信使應稀少莫怪頻頻勸酒杯

宇文晁尚書之甥崔彧司業之孫尚書之子重汎鄭監前湖

寫景逼俚

郊扉俗遠長幽寂野水春來更接連錦席淹留

山陰野雪
反語

還出浦葛巾欹側未迴船樽當霞綺輕初散棹
拂荷珠碎却圓不但習池歸酩酊君看鄭谷去
夤緣

多病執熱奉懷李尚書

衰年正苦病侵陵首夏何須氣鬱蒸大水淼茫
炎海接奇峰硉兀火雲升思霑道暍黃梅雨敢
望宮恩玉井冰不是尚書期不顧山陰野雪興
難乘

江陵節度使陽城郡王新樓成王請嚴侍御判官賦七字句同作

樓上炎天氷雪生高飛燕雀賀新成碧窻宿霧濛濛濕朱栱浮雲細細輕杖鉞褰帷瞻具美投壺散帙有餘清自公多暇延參佐江漢風流萬古情

又作此奉衛王

西北樓成雄楚都遠開山岳散江湖二儀清濁

近人多學此句不佳

二首運意用詞並屬

還高下三伏炎蒸定有無推轂幾年惟鎮靜曳
裾終日盛文儒白頭授簡焉能賦媿似相如爲
大夫

見王監兵馬使說近山有白黑二鷹羅者
久取竟未能得王以毛骨有異他鷹恐臘
後春生騫飛避暖勁翮思秋之甚眇不可
見請余賦詩二首

雲飛玉立盡清秋不惜奇毛恣遠遊在野只教

惡道

往往語別有興味

心力破于人何事網羅求一生自獵知無敵百中爭能恥下韝鵬礙九天須却避免經三窟莫深憂

黑鷹不省人間有渡海疑從北極來正翮摶風超紫塞玄冬幾夜宿陽臺虞羅自覺虛施巧春鴈同歸必見猜萬里寒空秖一日金眸玉爪不凡材

夜

撰句

露下天高秋氣清空山獨夜旅魂驚疎燈自照孤帆宿新月猶懸雙杵鳴南菊再逢人臥病北書不至鴈無情步簷倚杖看牛斗銀漢遙應接鳳城

語各矜重

公安送韋二少府匡贊

逍遙公後世多賢送爾維舟惜此筵念我能書數字至將詩不必萬人傳時危兵甲黃塵裏日短江湖白髮前古往今來皆涕淚斷腸分手各

不雅不俗可學不可為法

嫩氣

風煙

留别公安太易沙門

隱居欲就廬山遠麗藻初逢休上人數問舟航留製作長開篋笥擬心神沙村白雪仍含凍江縣紅梅已放春先踏爐峰置蘭若徐飛錫杖出風塵

曉發公安數月憩息此縣 吴體

北城擊柝復欲罷東方明星亦不遲鄰雞野哭

公自注斗魁下兩兩相比為三台俚語曰城南韋杜去天尺五

如昨日物色生態能幾時舟楫眇然自此去江湖遠適無前期出門轉眄已陳迹藥餌扶吾隨所之

贈韋七贊善

鄉里衣冠不乏賢杜陵韋曲未央前爾家最近魁三象時論同歸尺五天北走關山開雨雪南遊花柳塞風煙洞庭春色悲公子蝦菜忘歸范蠡船

寫得真率
不用雕琢

小寒食舟中作

佳辰强飲食猶寒隱几蕭條戴鶡冠春水船如天上坐老年花似霧中看娟娟戲蝶過閒幔片片輕鷗下急湍雲白山青萬餘里愁看直北是長安

起得健

說盡轉暢

長沙送李十一銜

與子避地西康州洞庭相逢十二秋遠媿尚方曾賜履竟非吾土倦登樓久存膠漆應難並一

自引李杜亦聽

即物寫心不負詩家

辱泥塗遂晚收李杜齊名眞添竊朔雲寒菊倍離憂

燕子來舟中作

湖南爲客動經春燕子啣泥兩度新舊入故園嘗識主如今社日遠看人可憐處處巢居室何異飄飄託此身暫語船檣還起去穿花度水益霑巾

酬郭十五判官受

撰句

才微歲晚尚虛名臥病江湖春復生藥裹關心詩總廢花枝照眼句還成只同燕石能星隕自得隋珠覺夜明喬口橘洲風浪促繫帆何惜片時程、

遣悶戲呈路十九曹長

江浦雷聲喧昨夜春城雨色動微寒黃鸝並坐交愁濕白鷺羣飛大劇乾晚節漸於詩律細（此等不須學）誰家數去酒杯寬唯君最愛清狂客百遍相過意

古樂府少及

未闌、

暮歸　吳體

霜黃碧梧白鶴棲城上擊柝復烏啼客子入門月皎皎誰家擣練風凄凄南渡桂水闕舟楫北歸秦川多鼓鞞年過半百不稱意明日看雲還杖藜

先生服膺子美直攄所得與相印證盖已達窽中微乃若子美七言古今宗匠昔人有謂

之聖矣白璧之瑕誰能指之大都無古人之膽識而欲尚友古人正自難耳如其眞與冥契安在以倣為蔡自有此評而後進於今知所趣舍矣子美而有知者能無點首先生而前在宋唯劉須溪時寄此意是用取先生所手校於南雍者更付之梓而黛書劉語以附

烏程閔齊伋識

ISBN 978-7-5010-6426-7

9 787501 064267 >

定價：110.00圓